이방인을 보았다

이 도서의 국립중앙도서관 출판시도서목록(CIP)은
서지정보유통지원시스템 홈페이지(http://seoji.nl.go.kr)와
국가자료공동목록시스템(http://www.nl.go.kr/kolisnet)에서
이용하실 수 있습니다.
(CIP제어번호 : CIP2014021348)

바다로
간 011
달팽이

이방인을 보았다

구경미 지음

북멘토

차례

부실 공사, 불량 가족

1

인호가 들려준 이야기의 중심에 '그 노인'이 있었다. 모두가 알지만 또한 그 누구도 제대로 알지 못하는 인물, 무수한 소문의 진원지이지만 정작 확인된 것은 아무것도 없는 인물, 그 어디에나 존재하지만 또한 아무 곳에도 존재하지 않는 인물.

"그래서?"

인호의 이야기가 끝나자마자 만하가 물었다. 아니, 물었다기보다 소리쳤다. 결과를 뻔히 알고 있는 물음은 더 이상 물음이 아니었다. 그것은 시비에 가까웠다. 분노에서 나오는, 혹은 답답함에서 나오는. 그 대상조차 불분명한. 목소리가 컸던 탓인지 분식집 주인아저씨가 우리 쪽을 돌아보았다. 나는 주인아저씨를 향해 어정쩡하게 웃어 보였고 인호는 움츠린 어깨를 더

욱 움츠렸다. 만하의 목소리가 커질수록 인호는 점점 주눅이 들어 갔다. 자기 잘못도 아니면서 마치 자기가 죄를 지은 양 고개 숙였다.

"그래서는 뭐……. 방법이 있냐, 그냥 살아야지."

"그냥 살긴 뭘 살아! 그걸 참고 그냥 살아?"

인호네 가족이 지금의 빌라를 사서 이사한 것은 1년 전쯤 이었다. 열여덟 평, 네 명이 살기엔 턱없이 좁았지만 그것은 인호네 가족의 생애 첫 '내 집'이었다. 인호 아버지는 평범한 회사원이었는데, 남들보다 늦게 남들보다 작은 집을 갖게 된 것은 인호의 누나 때문이었다. 인호의 누나는 늘 어딘가가 조금씩 아팠다. 인호가 시무룩해 있으면 그건 누나가 병원에 입원했다는 뜻이었다. 그러므로 그 집은 인호네 가족에게는 특별히 더 각별한 의미를 가진 것이었다.

집에 문제가 생기기 시작한 것은 이사한 지 몇 달 지나지 않아서였다. 가장 먼저 포문을 연 건 화장실의 권력자, 변기 였다. 변기 속 어딘가에서 똑똑 물 떨어지는 소리가 들렸고, 곧 변기 아랫부분을 감싸고 있던 실리콘이 떨어져 나가며 그 곳에서 물이 새기 시작했다. 한마디로 위에서는 똑똑, 아래에 서는 줄줄,의 형국이었다. 그 결과 화장실에서는 악취가 심 하게 났다. 인호 아버지는 며칠 동안 고개만 갸웃거리다 결국 동네 수리 업자를 불렀다. 변기의 바통을 이어받은 것은 복도 계단이었다. 어느 날 문득 내려다보니 계단 바닥에 무수한 점들이 찍혀 있었다.

"난 꼭 편모충인 줄 알았다니까."

인호의 말이었다. 웃기려고 하는 말인지 아닌지는 알 수 없었지만 일단 웃어 주었다. 인호의 표정이 한 건 올렸다는 듯 의기양양해졌다. 그즈음 애들 사이에서는 편모충이라는 단어가 유행이었다. 편모충 같은 새끼, 편모충보다 못한 놈, 편모충에도 기생할 놈 등.

"징그럽겠다."

얼굴까지 찌푸리며 내가 말했다. 탁자 위에 떨어진 라면가락이 마치 편모충처럼 보였다. 벽에 걸린 두루마리 휴지를 뜯어 라면가락을 덮었다.

"응. 엄청 징그러워. 근데 더 심각한 건 이것들이 점점 자라고 있다는 거야. 살찐 편모충을 밟고 다닌다고 상상해 봐."

"그럼 편모충이 아니라 송충이인 거지."

"말하지 마. 송충이는 더 징그러워."

인호의 설명에 의하면, 계단의 점들이 연결되어 가느다란 금이 되었고, 금은 자가증식을 거듭하며 그 수를 불렸고, 그렇게 불어난 금들은 지금도 왕성하게 자라나는 중이었다.

즉, 현재진행형이었다.

"현재진행형인 게 하나 더 있어."

의기양양했던 인호의 표정은 급속도로 우울해졌다.

이번에는 하수구가 말썽이었다. 어느 일요일 오전, 아래층 사람들이 인호네 집으로 찾아왔다. 사람들이 물었다.

"혹시 이 집도 물이 새요?"

인호 어머니는 잠깐 생각하다가 글쎄요, 하고 대답했다. 인호 어머니는 신중한 사람이었다. 물이 새는지 아닌지 주의 깊게 살펴본 적이 없으므로 일단 대답을 유보했다. 사람들은 잠시, 무슨 대답이 이래? 하는 표정을 짓고 있다가 자기들끼리 떠들어 댔다. 모른다는 건 안 샌다는 거잖아. 안 새는 게 맞네. 안 새, 안 새. 그렇게 결론을 내린 다음 인호 어머니에게 다시 물었다.

"혹시 빨래하셨어요?"

인호 어머니 옆에 빨래가 가득 담긴 세숫대야가 놓여 있었다. 사람들이 출입문에서 물러서기만 한다면 이제 그것은 따사로운 햇살과 연인의 속삭임 같은 부드러운 바람이 있는 옥상으로 나들이를 떠날 참이었다.

"네. 지금 막……."

인호 어머니는 말끝을 흐렸다. 짚이는 게 있었다. 다만 믿고 싶지 않을 뿐이었다. 그날 저녁 인호 어머니는 밥을 먹다 말고 그때의 심정을 이렇게 표현했다.

"하늘이 무너지는 줄 알았어."

그러나 출입문을 막고 선 사람들은 속이 후련하다는 표정을 지었다.

"그럼 이 집이네. 이 집이 원인이었어."

'원인'으로 지목된 인호 어머니는 무슨 일이냐고도 묻지 못한 채 그저 사람들의 얼굴만 멀뚱멀뚱 쳐다보았다.

"그래서?"

뒷자리에 손님이 들었다. 나는 의자를 당겨 탁자 앞으로 바짝 다가앉았다.

"그래서는 뭐…… 한바탕 난리가 났지. 삼층에서는 거실 천장이 다 젖었다 그러고, 이층에서는 안방 벽지로 스며든다 그러고. 빨리 하수구 공사를 하든지 아니면 물을 쓰지 말라고 항의하는데…… 엄마 아빠는 아무 말도 못하고 바보처럼 서 있기만 하고……. 하아, 생각하니 또 가슴이 답답하다."

"아래층에서 물이 새는데 왜 너네 집에서 공사를 하냐?"

"그게 원래 그렇다네. 위층과 아래층 사이 하수구가 막힌 거니까 위층에서 뭘 잘못 내려보내서 그런 거라고. 무조건 위층이 책임져야 한대. 근데 난, 오층 아저씨가 무슨 일인가 싶어 내려왔다가 후다닥 도망가는데, 와서 따지는 사람들보다 불똥 튈까 무서워 도망가는 그 아저씨가 더 밉더라."

인호가 씁쓸하게 웃었다.

처음엔 변기, 다음엔 계단과 하수구. 총체적 난국이 아닐 수 없었다. '바보처럼' 서 있기만 하던 인호 아버지가 나직이 중얼거렸다.

"이 건물…… 부실 공산가 봐."

들으라고 한 말은 아니었지만 사람들은 모두 들었고, 정적이 흘렀고, 얼굴빛들이 해쓱해졌다. 완공된 지 채 1년도 안 된 빌라였다. 일명 신축. 누군가에게는 생애 첫 내 집이었고, 누군가에게는 임대 수입용 주택 중 하나였고, 누군가에는 잠시 머물다 떠날 보금자리였다. 그래도 누구에게나 통하는 한 가지 사실은 이 빌라가 지어진 지 얼마 안 된 신축 건물이라는 점이었다. 그러므로 '아직은' 계단에 금이 가거나 하수구가 막혀서는 안 된다는 것이었다.

"부동산에 가서 따져야 되는 거 아냐?"

누군가의 입에서 그런 말이 튀어나올 때까지 사람들은 모두 넋을 잃고 서 있기만 했다.

사람들이 움직였다. 인호 아버지도 뒤를 따랐다. 인호 어머니도 뒤늦게 신발을 찾아 신었다. 어느새 내려온 오층 남자도 무리에 합류해 있었다. 인호는 집에 남았다. 누나 혼자 두고 나갈 수가 없었다. 봄 감기에 걸린 인호의 누나는 하루 종일 방 안에 누워 기침을 했다.

부동산으로 몰려간 사람들이 이후 어떤 과정을 거쳐 지금에 이르렀는지 인호는 자세한 사정은 알지 못했다. 인호의 부모님은 자식들 앞에서 말을 삼갔다. 그래도 간혹 몇 마디 말들이 새어 나올 때가 있었다. 자식이 눈앞에 있다는 걸 잊을 만큼 상심이 클 때, 혹은 억울할 때. 의지와는 상관없이 새어 나오는 한숨처럼. 그 말들을 통해 인호는 어설프게나마 이야기의 얼개를 짜 맞출 수 있었다.

부동산으로 간 사람들은 시공업체에 책임을 물어야 한다는 말을 들었다. 부부가 운영하는 부동산이었다. 두 개의 몽당연필처럼 서로 닮은 부부는 몰려간 사람들보다 더 분노하고 더 억울해하고 더 목소리를 높였다.

"이 갈아 마셔도 시원찮은 시공업체를 고소해야 한다니까! 절대 참으면 안 돼. 지금이 어떤 세상이야. 가만히 있으면 가마니로 보고, 보자보자 하면 보자기로 보고, 참자참자 하면 참기름으로 보는 세상이라니까. 긴말 필요 없고 사무실로 쳐들어가서 그냥 누워 버려. 단체로 누워 버려. 그럼 지들이 어떡

할 거야? 소문 나빠지고 공사 떨어져 나가 봐야 정신 차리지."

두 마리 싸움닭 같은 부부 앞에서 사람들은 그저 고개를 끄덕이고 고마워하고 미안해하다 물러났다.

며칠 뒤 사람들은 이번엔 시공업체로 몰려갔다. 시공업체 사장은 몽당연필 부부처럼 분노하지도 억울해하지도 목소리를 높이지도 않았다. 그냥 한마디만 했다.

하자가 있으면 장문규를 찾아가라.

예상치 못한 답변에 사람들은 어안이 벙벙해졌다. 장문규? 약간의 시간이 흐른 뒤 서로를 돌아보며 물었다. 장문규가 누구야? 그러나 대답하는 이가 없었다. 사람들은 바닥에 드러눕는 대신 시공업체 사장에게 장문규가 누구냐고 물었고, 장문규는 바로 '분양업자'라는 말을 들었다. 그래도 사람들의 의문은 풀리지 않았다. 사람들은 다시 분양업자가 뭐 하는 사람이냐고 물었고, 분양업자는 '건물을 지어 파는 사람'이라는 대답을 들었다. 사람들 사이에 웅성거림이 일었다. 시공업체 사장은 때를 놓치지 않고 말했다.

"장문규 이름으로 하자보수보증금을 예치했으니 문제가 있으면 장문규를 찾아가시오."

사람들은 바닥에 눕기는커녕 장문규라는 듣도 보도 못한 이름 하나 달랑 들고 시공업체 사무실을 나와야 했다. 그래도 성과가 없는 건 아니었다. 하자보수보증금이라는 게 예치돼 있다는 것, 장문규를 찾아가면 된다는 것. 하자보수보증금이라는 게 정확히 뭔지는 몰랐지만 '보증금'과 '예치'라는 단어로 유추해 볼 때, 그게 아마도, 돈이지 않을까 하는.

그런데 장문규가 누구지? 누군가가 그렇게 중얼거렸고, 분양업자라잖아요, 누군가가 대답했다. 분양업자 본 적 있어요? 누군가가 물었지만 다들 고개만 저을 뿐 대답하는 사람이 없었다. 어디 사는지 물어봐야 하는 거 아냐? 누군가가 또 그렇게 중얼거렸지만 이번에도 역시 대꾸하는 사람은 없었다. 모여 선 사람들 중 누구도, 이제 막 나온 시공업체 사무실로 다시 들어가고 싶어 하지 않았다. 그것은 인호 아버지도 마찬가지였다. 시공업체 사장은 남들보다 머리 하나는 더 크고, 남들보다 어깨 하나는 더 넓고, 주먹 하나가 남들의 두 개를 합친 것보다 컸다. 아니, 커 보였다. 게다가 그 고압적인 자세라니. 사람들은 그 남자를 생각하는 것만으로도 주눅이 들었다.

"부동산에 물어보면 되지 않을까요? 분양업자가 집을 내놨을 테니까."

누군가가 그렇게 의견을 냈을 때야 사람들은 안도하며 발길을 돌렸다. 그러나 기분은 그다지 개운치 않았고, 하루 종일 사막을 걷기라도 한 것처럼 기운이 없었다. 너무 신경을 썼나 봐. 사람들은 그렇게 스스로를 위안했다.

"그래서? 장문규가 누구라는 거야?"
잠깐의 숨 고르기도 기다리지 못하고 만하가 끼어들었다. 인호의 표정이 어두워졌다.
"있잖아…… 그 노인."

사람들이 부동산에서 알아낸 장문규는 연화동 언덕배기 끝 집에 사는 바로 그 노인이었다. 연화동의 괴도, 유령, 마귀, 괴물 등으로 불리는, 참으로 별명도 다양한, 그러나 그가 누구인지는 아무도 모르는. 심지어 집 안에서 새어 나오는 불빛으로 살아 있다는 걸 짐작할 뿐 노인의 얼굴을 가까이에서 봤다는 사람조차 없었다. 그런데도 왜 노인이 연화동의 괴도, 유령, 마귀 따위가 되었을까. 그 역시 알 수 없었다. 어쩌면 알지 못하고 본 적 없기 때문에 해괴한 소문들이 만들어진 것은 아닐까. 상대를 모르는 것만큼 두려운 것도 없으니.
다시 며칠이 지난 일요일 오전, 사람들은 장문규라는 노인의 집으로 찾아갔다. 두려움과 호기심으로 사람들의 얼굴은 한껏 상기되어 있었다.

"초인종 누르기 전에 심호흡을 세 번이나 했다."

나중에 인호 아버지는 그렇게 술회했다.

새들의 지저귐이 허공을 갈랐다. 인호 아버지는 얼른 초인종에서 손을 뗐다. 지저귐이 멎었다. 기다렸다. 일요일 오전답지 않게 주위는 지나치게 고요했다. 밖에 나와서 노는 아이 하나 없었다. 인호 아버지는 언제나 아이들로 바글거리는 빌라 마당을 떠올리며 고개를 갸웃거렸다. 다시 초인종을 눌렀다. 아이들 대신 새들이 비명을 질렀다. 초인종에서 얼른 손을 뗐다. 비명이 그쳤다. 기다렸다. 일요일 오전답지 않게 골목에는 지나다니는 사람 하나 없었다. 텔레비전 소리도, 피아노 치는 소리도, 아이를 혼내는 소리도 들리지 않았다. 주말이면 그 모든 소리들로 시끌벅적하던 빌라를 상기하며 인호 아버지는 뒤로 물러섰다. 이번엔 다른 사람이 초인종을 눌렀으나 역시 안에서 나오는 사람은 없었다. 삶의 소리가 거세된 공간에 새의 울부짖음만이 가득했다.

사람들은 결국 아무런 소득 없이 돌아섰다. 헤어지기 직전 누군가가 말했다.

"다음 주 일요일 정오에 여기서 만납시다."

사람들은 고개를 끄덕였다.

인호 아버지는 온종일, 아니 일생을 사막에서 걷기라도 한 것처럼 피곤함을 느꼈다. 집으로 돌아가 눕고 싶은 생각밖에 없었다. 인호 아버지는 집으로 들어서자마자 궁금해하는 인호 어머니를 못 본 척 지나쳐 안방으로 들어갔고, 오후 내내 잠을 잤다. 점심도 거른 채.

또다시 일주일이 흘러 일요일이 되었다. 인호 아버지는 열한 시 사십오 분에 집을 나섰다. 한 건물에 살고 있으므로 만나서 같이 움직일 수도 있었지만 인호 아버지는 혼자 그 언덕배기를 찾아갔다. 어차피 정오가 되면 모일 것이므로. 말없이 함께 걷는 그 시간이 고역이었으므로.

마침내 열두 시가 되었다. 언덕배기 이층집 앞에는 인호 아버지 혼자였다. 대문 앞에 쪼그리고 앉아 기다렸다. 열두 시 삼십 분이 되었다. 인호 아버지는 언덕배기로 올라오는 길에서 눈을 떼지 못했다. 나머지 일곱 세대 가장들 중 하다못해 한 사람이라도 오겠지, 희망을 가졌다. 한 시가 되었을 때야 인호 아버지는 아무도 나타나지 않으리라는 걸 깨달았다.

심호흡은 하지 않았다. 두렵지도 긴장되지도 않았다. 다만 허탈했고 피곤했다. 초인종을 눌렀다. 어린 시절, 오락실에서 폭격기 한 대로 새카맣게 몰려오는 적기들을 쏘아 떨어뜨리던 발군의 실력으로 쉬지 않고 눌러 댔다. 새들이 비명을 지르다 목이 터지든 말든 상관없다고 생각했다. 삼십 분쯤 그러고 나자 몸에서 땀이 났다. 현기증이 일었다. 피로가 몰려왔다. 그럼에도 기분은 나쁘지 않았다. 뻐근한 어깨와 마비된 손가락은 너는 할 만큼 했다,라고 말하는 듯했다. 책무를 다한 사람의 뿌듯함 같은 게 일었다. 마치 하루 일과를 마치고 집으로 돌아갈 때의 자부심처럼. 안에서 나온 사람은 없었지만, 그러므로 아무런 성과도 얻지 못했지만 인호 아버지는 한결 가뿐해진 걸음으로 언덕배기를 떠났다.

그 후 인호 아버지는 일요일에는 늘 잠을 잤다. 하루 종일. 점심도 먹지 않고. 때로는 저녁까지 거른 채.

인호 아버지가 언덕배기 이층집에서 혼자 돌아온 그날 오후, 인호 어머니는 이웃들을 찾아갔다가 이런 대답을 들어야 했다.

"계단에 금 좀 간다고 당장 건물이 무너지는 것도 아니고, 하수구 문제야 그 댁에서 알아서 해 줄 일이고…… 우린 좀 바빠서요."

2

최초로 이웃들의 방문을 받은 그 일요일 이후 인호네 가족은 욕실 바닥에 물을 버리지 않기 위해 신경을 곤두세워야 했다. 한두 번 인호가 실수로 물을 버린 후 인호 어머니는 이런 글귀를 적어 세면대 거울에 붙여 놓았다.

'어제 네가 버린 물을 아래층 사람들은 알고 있다.'

세수나 머리 감은 물은 잘 모았다가 흘리거나 넘치지 않게 조심하며 변기에 버렸다. 심지어 양말이나 속옷을 빤 물도, 설거지한 물도 변기를 통해 흘려보냈다. 오로지 변기에 연결된 관만 막히거나 새는 곳 없이 멀쩡했다. 그랬으므로 샤워나 큰 빨래는 꿈도 꾸지 못했다. 샤워는 대중목욕탕에서, 큰 빨래는 세탁소에서 해결했다.

여기까지가 인호에게 들은 사건의 전말이었다. 그리고 인호네 가족의 불편은 현재도 여전히 진행 중이었다.

"엄마는 그걸 경고라고 붙였을까, 유머라고 붙였을까?"

인호가 물었다. 나는 잠시 생각하다 이렇게 대답해 주었다.

"둘 다겠지. 유머러스한 경고."

"하나도 안 웃겨."

심드렁한 얼굴로 인호가 말했다.

"문제는, 그 노인이야."

나는 특히 '노인'을 힘주어 발음했다. 인호는 누가 그걸 모르냐, 하는 표정으로, 만하는 호기심 가득한 얼굴로 나를 쳐다보았다.

"그러니까 해결도, 그 노인에게서 찾아야지."

"어떻게?"

탁자에 두 팔꿈치를 괴며 만하가 물었다. 라면 냄비와 빈 접시들 위로 그림자가 졌다.

"행동. 인호 아버지가 포기한."

"우리가 찾아가자고?"

"공사비 받아야지."

"그런데 그 집에…… 아무도 안 사는 거 아닐까? 그 뒤로 도 엄마 혼자 몇 번 더 찾아갔는데 노인은커녕 사람 그림자 도 본 적이 없대."

인호의 말이 끝나자마자 만하와 나의 눈빛이 허공에서 얽 혔다. 오호, 그렇단 말이지? 우리는 공모의 미소를 머금은 채 말없이 고개를 끄덕였다. 인호만 어리둥절한 얼굴로 만하와 나를 번갈아 바라보았다.

아이들과 헤어져 집으로 가던 나는 발길을 돌려 밤이네 집 이 있는 골목으로 향했다. 밤이가 학원에서 돌아올 시간이었 다. 골목은 일정한 간격으로 가로등이 켜져 있어 환했다. 조 금만 어두웠으면 좋았을걸. 환한 골목에 서서 밤이를 기다리 려니 괜히 쑥스러웠다. 같은 동네에 살아왔어도 밤이는 고등학교에 들어간 올해 처음 만났다. 그 전에는 학교가 달랐다. 그래도 그렇지, 한동네에 살면서 어떻게 밤이의 존재를 모를 수가 있었을까. 조금만 일찍 알았더라면 좋았을걸. 그랬다 면……. 그랬다면 뭔가 달라졌을 거라고 장담할 수는 없지만 그래도 밤이를 모르는 채 헛되이 흘려보낸 시간이 아까웠다.

사람들이 지나갈 때마다 고개를 숙이고 신발코로 바닥을 톡톡, 찼다. 어느 정도 멀어졌다 싶으면 깨진 시멘트 조각을 축구공 삼아 맞은편 건물 벽의 어느 한 지점을 향해 날렸다. 시멘트 조각이 더 이상 없자 다음엔 플라스틱 병을 날렸다. 오른쪽 왼쪽으로 드리블, 수비수 제치고, 찬스, 숨을 고른 뒤 결정적 한 방.

"그렇게 해서 벽이 무너지겠어?"

소리 나는 쪽으로 고개를 돌렸다. 밤이가 서 있었다. 골인 순간의 흥분이 빠르게 가라앉았다. 나는 고개를 숙이고 다시 신발코로 바닥을 톡, 톡, 찼다.

"여기서 뭐 해?"

밤이 너 기다리고 있었다는 말이, 큰 잘못을 저지른 뒤의 변명처럼 우물쭈물 새어 나왔다.

"내가 밤이라고 확신하니?"

"응."

"왜?"

"그게……."

쌍둥이 자매, 밤이와 달이. 사람들은 밤이와 달이를 잘 구별하지 못했다. 둘은 쌍둥이답게 정말 똑같이 생겼다. 키도 같고 체형도 같고 머리 모양마저 같았다. 하지만 나는 알 수 있었다. 학기 초 아이들이 달이라고 우길 때 나는, 복도를 걸어오는 그녀가, 말간 눈으로 우리를 쳐다보며 점점 다가오는 그녀가, 같은 반인 달이가 아니라 소문으로만 들었던 쌍둥이 언니 밤이라는 걸 한눈에 알아보았다. 똑같이 생겼지만 달이가 아니었다. 달이보다 눈이 조금 더 예뻤다. 코도 조금 더 예뻤다. 입도 조금 더 예뻤다. 실소를 날릴 때 생기는 보조개도 조금 더 예뻤다. 하지만 그런 걸 어떻게 말로 설명할 수 있을까.

"그냥 알 수 있어."

"웃겨. 그런데 왜 기다렸니? 전해 줄게."

밤이는 끝까지 밤이가 아닌 척했다. 상관없었다. 아닌 척한다고 해서 밤이 달이 되는 건 아니니까.

"그냥. 집에 잘 오나 보려고."

"집도 하나 못 찾을까 봐?"

"그게 아니고……. 잘 왔으니 됐다. 잘 자라. 나 간다."

돌아섰다. 쿨하게, 멋있게. 얼굴 조금 더 보겠다고 우물거리고 미적거리는 건 구질구질해 보일 테니까. 씩씩하게 걸었다. 모퉁이를 돌았다. 멈춰 섰다. 담벼락에 몸을 바짝 붙이고는 뒤를 돌아보았다. 밤이의 옷자락이 대문 안으로 사라지고 있었다.

"휴식과 길잡이라니, 너무 웃기지 않아?"

학기 초, 그렇게 말하며 달이는 콧방귀를 뀌었다. 한밤과 한달. 아마 아이들이 이름에 대해 물었을 것이다. 내 이름을 처음 들은 아이들이, 한음이라고? 그럼 오성은? 하고 묻듯이. 그럴 때마다 나는 이렇게 대답해 주었다.

"나보다 다섯 살 위니까 아마 지금쯤이면 대학 다니고 있겠지."

거기서 끝나지 않았다. 아이들은 내가 썰렁한 개그를 하거나 뭔가 실수를 했을 때 이렇게 놀리곤 했다.

"오성이 찾으러 안 가냐?"

휴식과 길잡이? 아이들이 어리둥절해하자 달이가 설명했다.

"초등학교 선생님인 우리 부모님께서 말씀하시길, '고단한 자'들에게 휴식은 생명과 같으니 맏이인 너는 밤夜이 되어 그들에게 휴식을 주거라. 둘째인 너는 고단한 자들이 휴식을

취할 집으로 잘 찾아갈 수 있도록 방향을 일러 주는 달^{月}이다. 너희는 너희 이름에 자부심을 가져도 된다."

아이들이 '우아!' 탄성을 지르자 또 달이가 말했다.

"우리가 좀 까칠하게 굴더라도 이해해 줘. 심하게 낭만적인 부모님한테 질려서 그런 거니까."

그런 뒤 달이는 짐짓 심각한 얼굴로 선언하듯 덧붙였다.

"나는 달이 아니라 해로 살 거다."

때때로 나는 궁금했다. 밤이는 밤으로 살고 싶을까? 낮으로 살고 싶지는 않을까? 밤은…… 어둡고 심심하고, 그리고 위험하니까. 사건은 늘 밤에 일어나니까. 그리고 무엇보다…… 외로우니까.

집으로 돌아가는 길에 핸드폰을 확인했다. 전화 한 통, 메시지 하나 와 있지 않았다. 방과 후 수업도, 학원도 다니지 않는 내가 밤 열 시가 되도록 귀가하지 않았는데 걱정하는 사람이 하나도 없었다. 엄마는 오늘도 야근이겠지. 아빠는 오늘도 외박이겠지. 그래서 여리디여린 아들이 아직 귀가하지 않았다는 것조차 모르겠지. 집구석 참 잘 돌아간다. 에이, 더러운 세상이다.

아파트 일층 현관으로 들어서는데 카톡이 날아왔다. 밤이가 아닐까? 설마 하면서도 꼭 밤이일 것만 같았다. 어두운데 잘 들어가라거나 주말 잘 보내라거나 뭐 그런. 설레는 마음으로 핸드폰을 꺼냈다.

'들어올 때 맥주 세 병만 사 와라.'

누나였다. 아아, 이런 천진한 누나 같으니라고. 미성년자에게 술을 사 오란다. 그것도 이 늦은 밤에. 물론 평소에 술 심부름을 하지 않은 것은 아니었다. 누나에게 용돈 받은 날. 혹은 다음 용돈을 기대하며. 아파트 상가의 마트 주인은 내 얼굴을 알았고, 우리 가족은 더 잘 알았고, 그래서 군말 없이 술을 내주었다. 그러나 오늘 이건 너무하지 않은가. 밤이의 메시지가 아니라는 것만으로도 이토록 실망스러운데. 다음 달 용돈이 끊기는 보복을 당하는 한이 있더라도 오늘 이 술 심부름은 하지 않겠다,라는 결심과는 달리 내 발은 벌써 마트로 향하고 있었다. 누나의 용돈이 끊기면 곤란한 일이 한두 가지가 아니었다. 엄마의 용돈은 간식비와 품위 유지비로, 누나의 용돈은 생애 첫 모터사이클을 위해, '모터사이클 전국 일주'의 꿈을 위해 착착, 통장으로 들어가고 있었다. 위험수당(미성년자가 술을 사는 건 엄연히 법에 저촉되는 일이니까)과 비밀 유지(엄마에겐 비밀이야,라고 누나는 늘 강조했다)의 항목이 더해진 누나의 용돈이 엄마가 주는 것보다 훨씬 더 많았다. 그러니 내가 어찌 거절할 수 있겠는가.

역시 엄마와 아빠는 아직 귀가 전이었다. 누나 혼자 거실 소파에 앉아 맥주를 마시고 있었다. 혹시 누나도 외로운 걸까? 그래서 매일 술을 마시는 걸까? 내가 매일 저녁 밖에서 시간을 때우는 것처럼.

"벌써 한잔하네 뭘. 더 마시게?"

맥주를 내려놓으며 내가 말했다.

"불금이잖아. 불타는 금요일."

올해 스물일곱 살인 누나. 애인도 없고 친구도 별로 없는 것 같고 술 마시기가 취미이자 특기인 누나. 회계사 누나. 그 누나가 무미건조한 얼굴로 불금을 말하고 있었다. 누나의 입에서 나온 '불금'이 내 귀에는 꼭 '불개미'처럼 들렸다. 마치 거리마다 넘쳐 나는 불개미들을 피해 이렇게 집 안에 숨어들어 술이나 마실 수밖에 없지 않느냐는 것처럼. 그렇게 생각하자 누나가 조금 안됐다는 생각이 들었다. 그래도 내게는 인호도 있고 만하도 있고 그리고…… 밤이도 있는데. 하지만……. 약해지려는 마음을 다잡았다. 누나를 위해서 나는 독해져야 했다.

"다른 요일엔 안 마셨고?"

"매일 머릿속에서 불이 난다. 그러니 차가운 맥주로 식힐 수밖에."

나의 핀잔에도 누나는 끄덕하지 않았다. 역시 내공이 만만
찮았다. 이러니 엄마 아빠도 어쩌지 못하는 거겠지.

"숫자 계산 잘못해서 여러 사람 골치 아프게 만들지 말고
술 좀 줄여."

"회계사는 계산기 두드리는 사람이 아니란다, 동생아."

누나는 기어이 새 병을 따더니 쿨럭쿨럭, 소리가 나도록 맥
주잔에 술을 따랐다. 형이 살아 있었다면 누나를 말릴 수 있
었을까. 나보다 다섯 살 많은 형은 몇 년 전에 사고로 죽었
다. 형이 중학생, 내가 초등학생 때였다. 20년도 더 된 낡은
건물에 불이 났다. 불은 이층 술집에서 시작됐는데, 희생자가
나온 곳은 지하 밴드 연습실이었다. 그때 형과 형의 친구들은
공연을 며칠 앞두고 연습에 매진하고 있었다. 위층에서 사람
들이 아우성치며 건물을 뛰쳐나올 때 그들은 드럼을 두드리
고 전자기타를 치고 노래를 불렀다. 경광등을 번쩍이고 사이
렌을 울리며 소방차가 도착하고, 소방관들이 이리저리 뛰어
다니며 건물에 남은 사람 없냐고 소리칠 때 형과 형의 친구들
은 무아지경으로 두드리고 성대가 터지도록 노래 부르느라
연습실 바깥에서 무슨 일이 벌어지고 있는지 전혀 알지 못했
다. 결국 불붙은 간판들이 떨어져 건물 입구를 막았다. 형과

형의 친구 세 명은 끝내 연습실을 빠져나오지 못했다.

"엄마한텐 비밀이야. 비밀 지키면 공연에 데려가 줄게."

형에게서 들은 마지막 말이었다. 나는 비밀을 지켰고, 그 결과 형은 죽었다. 형이 죽은 뒤에도 나는 비밀을 지켰다. 누구에게도 형의 마지막 말을 발설하지 않았다.

"이렇게 갈 줄 알았으면 하고 싶다는 거나 실컷 하게 놔둘걸."

형을 보내고 돌아온 날 엄마가 중얼거렸다. 그 말도 전혀 위로가 되지 못했다. 엄마가 뒤늦게 후회한들 내가 비밀을 지켰기 때문에 형이 죽었다는 사실은 변하지 않았다.

형과 함께 쓰던 방은 오롯이 나만의 공간이 되었다. 형의 물건은 어딘가로 보내지거나 불태워졌다. 그 후 누구도 형의 얘기를 꺼내지 않았다. 형의 이름은 오성이었다.

3

"엄마, 혹시 장문규라는 사람 알아?"

"누구?"

소파에서 신문을 읽던 엄마가 고개를 들더니 되물었다.

"장문규. 연화중학교 지나서 언덕배기 끝에 있는 이층집, 거기 사는 노인이래."

"아, 그 장문규."

그렇게 중얼거리더니 엄마는 다시 신문을 읽기 시작했다. 역시, 엄마는 알 줄 알았다. 구청 건축과 과장은 아무나 하는 게 아니란 말이지. 나는 다시 한 번 조심스럽게 물었다. 엄마 옆으로 다가앉으며.

"알아?"

"이름만. 서류에서. 본 적은 없고."

"서류? 무슨 서류?"

"재건축 인허가 관련 서류."

"그런데 왜 본 적이 없어?"

"엄마는 실무자가 아니니까."

엄마는 신문에서 고개를 들지 않았다. 모처럼 아들이 대화라는 걸 시도하고 있는데도 대답이나 태도가 무성의하기 짝이 없었다. 게다가 본 적도 없으면서 '아, 그 장문규'는 또 뭔가. 잠시나마 품었던 기대가 무너지면서 더 큰 실망이 몰려왔다. 무책임한 엄마 같으니라고. 은근했던 목소리가 신경질적으로 변했다.

"그럼 장문규라는 사람에 대해서는 아무것도 몰라?"

"그런데 그건 왜 물어?"

"어? 아, 뭐…… 좀. 축구공이 그 집 마당으로 넘어갔는데 초인종 눌러도 나오는 사람이 없잖아."

"축구공 하나 사 줘?"

"아 안 돼. 박지성 사인볼이란 말이야."

역시 나는 임기응변에 능한 편이었다. 진짜 박지성 사인볼은 내 방 책장 위에 잘 모셔져 있었다. 그게 어떻게 받은 사인볼인데 집 밖으로 들고 나가 남의 집 마당으로 얌전히 떨어뜨린단 말인가. 박지성 사인볼을 받기 위해 나는 손가락이 부르트도록 축구 게임을 했었다. 졸음을 몰아내기 위해 레몬까지 먹어 가며.

"90년대에 주택재건축사업으로 벼락부자가 된 모양이더라."

"집 지어서 파는 거?"

"더 정확하게는 헌 집을 싸게 사서 새 집 지어 비싸게 파는 거. 그때는 짓기만 하면 팔렸지. 호황기였으니까. 특히 주택, 건설 경기가 좋았어."

"그때 엄마 아빠도 집 좀 지어 팔지."

"돈 한 푼 없이 맨손으로 지으리?"

"됐고, 다른 건 또 없어?"

"가족 없이 혼자 산다는 것 정도?"

"근데 왜 혼자 살지?"

"결혼을 안 했으니까. 부인도 자식도 없다더라."

"왜? 왜 결혼을 안 했대?"

"모르지."

"그 노인에 관해서 떠도는 소문들 있잖아, 그거 사실이야?"

"엄마 이제 신문 좀 보자."

"좀 이따 보면 되잖아. 엄만 나랑 얘기하는 거 싫어?"

"쓸데없는 것만 물어보니까 그렇지. 소문이 사실인지 아닌지 엄마가 어떻게 알아. 집이 비었으면 담 넘어가서 가져오면 될걸."

"그래도 될까?"

"고작 축구공 하나 주워 오는데 무슨 큰일이 있으려구."

고작 축구공……. 그래, 고작 공사비 정도만. 딱 그 정도만. 마땅히 받아야 할 것을 주지 않으니 직접 찾아오는 수밖에. 그건 그렇고, 소문 하나는 사실로 확인되었다. 결혼을 하지 않았다는 것. 그래서 부인도 자식도 없이 혼자 산다는 것. 결혼을 하지 않은 이유에 대해서도 여러 소문이 떠돌았다. 불치병에 걸렸다는 설(순정만화 필이 난다), 얼굴이 너무 못생겼다는 설(야수도 미녀를 얻는 판인데), 낮에는 지킬박

사였다가 밤이 되면 흉악한 하이드로 변해 온갖 악행을 저지르느라 결혼할 시간이 없다는 설(어린이 유괴, 납치, 살인, 방화 등등), 그냥 귀찮아서(나는 여기에 한 표. 어쩐지 가장 현실적으로 들린다) 등. 이유까지는 모르겠지만 어쨌든 소문이 사실이다 이거지…….

소파에서 일어났다. 엄마에게서는 더 이상 알아낼 게 없었다. 아니, 알아낼 필요가 없다는 걸 엄마가 일깨워 주었다. 집이 비었는데 무슨 걱정이란 말인가. 복잡하게 생각할 거 없다. 평소의 나답지 않게 너무 머리를 굴렸다.

"아빠한테 전화해 봐."

방으로 들어가려는데 엄마가 말했다.

"엄마가 해."

"부자간에도 대화 좀 해."

"부부간 대화가 더 절실해 보이는데?"

"오늘 들어올 거냐고 물어봐."

"아빠 딴살림 차린 거 아냐? 뭐 아는 거 없어? 정말 연구하는 거 맞아?"

"알면 이러고 있겠니?"

"탐정 붙여 봐."

"궁금하면 네가 붙이든가."

"엄만 안 궁금해?"

"엄만 안방 욕실에 떡하니 한자리 차지하고 앉은 저 할아버님 언제 치울 건지가 더 궁금해."

"그러게 왜 처음부터 욕실로 들여 가지고……. 베란다나 다용도실에 뒀으면 됐잖아."

"그러면 네 아빠 기분이 풀릴 줄 알았지."

"내가 치울까?"

"아서라. 그러다 아빠 삐친다. 한번 삐치면 오래가잖아."

"어차피 집에도 안 들어오는걸, 뭐. 그냥 안 들어오나 삐쳐서 안 들어오나 그게 그거지."

"그럼 네가 치울래? 내가 아주 저분 눈치 보느라 사는 게 피곤하다."

나는 안방 욕실로 갔다. 그것은 샤워부스 안에, 정말로 한자리 차지하고선, 근엄하게 서 있었다. 도대체 아빠는 무슨 생각으로 저 얼굴, 저 몸으로 만들었을까. 누가 저 기구 앞에 앉고 싶을까. 그것도 벌거벗은 몸으로. 자칭 발명가인 아빠가 만든 '1인 가정을 위한 등 밀어 주는 기구'. 그런데 그것은 정말이지…… KFC 할아버지 동상을 닮아 있었다. 수많은 일화 속 그 배불뚝이 할아버지 말이다. 다만 키가 조금 작고 수염이 없을 뿐이었다. 우리는 저 물건을 보는 순간부터 외면했다. 아니, 경악했다. 등 밀어 주는 기구라는 것도 뜬금없었지만 그보다는 사람의 체형에, 눈 코 입이 달린 사람의 얼굴이 붙어 있는 것 때문이었다. '기구'라기보다는 '인형'에 가까웠다.

"아버지 생각하면서 만든 건데……."

아빠의 이 말은 푸근함을 불러일으키기는커녕 우리의 심중을 '인형' 쪽에 더욱 가까워지게 하는 데 한몫했을 뿐이었다. 그것을 볼 때마다 세상의 수많은 할아버지들이 떠올랐으니까.

"변태."

아빠가 박스에서 힘겹게 그것을 꺼내고, 사용설명서를 읽고, 집에서 먼저 테스트해 봐, 라고 했을 때 누나가 보인 반응이었다. 누나는 그 말을 끝으로 방으로 들어갔고, 이후 안방 욕실은 절대 이용하지 않았다. 거실 욕실을 두고 나와 피 터지는 전쟁을 할망정.

"이왕이면 젊은 남자로 만들지."

이것은 엄마의 농담이었다. 아니, 나는 농담이라고 믿었다. 분위기를 누그러뜨리기 위한. 아빠의 뜨악해하는 표정을 보면 결과적으로는 아무 도움도 되지 못한 것 같지만.

"여성용으로 할머니도 만들면 되잖아."

아빠가 풀 죽은 얼굴로 말했지만 한번 떠난 민심은 돌아오지 않았다.

누나뿐 아니라 사실은 나도 그 물건이 께름칙했다. 샤워는커녕 오줌을 눌 때조차 그것이 지켜보는 듯한 느낌이 들었다. 혹은 훔쳐보는. 혼자만의 공간이어야 할 욕실에 다른 사람과 함께 있는 듯해서 영 마음이 편하지 않았다. 급할 때 몇 번 들락거리다 결국 누나와의 전쟁을 불사하는 쪽을 택했다. 그리하여 안방 욕실은 엄마가 독차지하게 되었다.

욕실 앞에 서서 물끄러미 그것을 바라보다 그냥 돌아 나왔다. 아빠 때문은 아니었다. '그것' 때문이었다. 마치 살아 있는 사람을 내다 버리는 듯해서 차마 치울 수가 없었다. 아, 아빠는 왜 저런 걸 만들어 가지고…….

악동들

4

드러내 놓고 반대하는 사람은 없었다. 처음의 그 패기는 다 어디로 갔는지 만하는 네가 하면 나도 한다는 식이었고 인호는 뚜렷한 의견을 내지 못했다.

"그래도 될까⋯⋯. 그러다 문제라도 생기면⋯⋯."

신경써 줘서 고맙다고 할 땐 언제고 막상 날짜가 닥치자 인호는 눈에 띄게 불안해했다. 나는 밀어붙였다. 중이 제 머리 못 깎는다는 속담도 있지 않은가. 솔직히 내가 인호 입장이라도 선뜻 찬성하지는 못할 것 같았다. 만약의 사태라는 것도 있는 법이니.

"우린 정당해."

단호한 목소리로 내가 못을 박았다. 그건 인호뿐만 아니라 내게 하는 말이기도 했다. 만하와 인호는 말없이 고개를 끄덕였다. 만하는 장난꾸러기 같은 표정으로, 인호는 걱정스러운 얼굴로. 그리고 내 얼굴은 아마 비장했을 것이다.

"사실 애매하긴 하지."

그렇게 말한 사람은 달이였다. 나는 만하를 흘겨보았다. 입단속 하라고 그렇게 강조했건만 덜렁이 만하가 달이에게 들키고 말았다. 달이는 비밀을 지키는 대신 조건을 걸었다. 나도 끼워 줘.

"월급 못 받았다고 회사 물건을 가져가면 그건 절도죄가 되는 거잖아. 물론 정상참작은 되겠지만. 가장 좋은 방법은 법에 호소하는 것이지."

썰렁한 분위기에 아랑곳하지 않고 달이는 제 하고 싶은 말을 했다.

"그럼 넌 왜 따라붙었냐?"

"재밌을 것 같아서. 그리고 때론 법이 너무 멀리 있기도 하거든."

"무슨 일 생기더라도 우리 원망하기 없기다."

내가 다짐을 두었다. 달이가 유쾌하게 웃으며 내가 어린 애니? 받아쳤다. 거봐, 달이 데려오기 잘했지? 만하가 우쭐거렸다. 믿을 수 있는 친구 같기는 했지만 글쎄, 나는 아직도 달이를 끼워 준 게 잘한 일인지 판단이 서지 않았다. 저 몸으로 담을 넘을 수는 있을까. 어둠을 두려워하지 않을 수 있을까. 4개월 넘게 한 교실에서 생활했지만 달이에 대해 잘 안다고 할 수는 없었다. 함께 어울리는 것도, 뭔가를 함께 도모하는 것도 이번이 처음이었다. 지금껏 내게 달이는 달이라는 독립적인 개체로서보다 밤이의 쌍둥이로 존재해 온 게 사실이었다. 밤이 보고 싶을 때 대신 훔쳐보는 달로. 때로는 밤에게 묻고 싶은 걸 달에게 슬그머니 물어보기도 했다. 일요일엔 뭐해? 아, 친척집 가는구나. 쌍둥이 언니도?

어쨌거나, 이젠 늦었다. 돌아가란다고 순순히 돌아갈 달이가 아닌 것만은 분명해 보였다. 아무 일 없기를 빌어 보는 수밖에.

"시간 됐어. 가자."

내가 앞장섰다. 조금 떨어져서 인호와 달이가 따라왔다. 맨 뒤엔 건들거리며 걷는 만하가. 밤 열 시의 연화동 거리. 휘황찬란,까지는 아니더라도 연화동의 여름밤은 활기로 가득했다. 학생들의 재잘거림과 집 앞에 나와 앉아 수다를 떠는 아주머니들, 귀가하는 직장인들, 비닐봉지 속 맥주병 부딪치는 소리를 내며 걷는 아저씨들. 우리를 주시하는 사람은 없었다. 우리 역시 누군가의 눈에는 연화동의 여름밤 풍경 중 하나에 불과할 것이다. 그러나 때로는 어둠 속에 가만히 앉아 지나가는 행인들을 물끄러미 쳐다보는 할머니를 뒤늦게 발견하고는 깜짝 놀라기도 했다. 어느 골목에서는 순찰 중인 경찰관과 마주치기도 했다. 어느새 내 옆으로 다가온 만하가, 귀신인 줄 알았어, 혹은, 이거 스릴 있는데, 품평을 해 댔다.

연화중학교를 지나 언덕배기로 접어들었다. 그 길 끝에 장문규, 그 노인의 집이 있었다. 언덕배기를 오르는 동안에는 누구와도 부딪히지 않았다. 운이 좋았다. 마침내, 노인의 집에 도착했다. 집 안의 불은 모두 꺼져 있었다. 지난 며칠 동안 관찰한 결과와 다르지 않았다.

만하의 허벅지를 밟고 올라선 뒤 담을 넘었다. 그런 다음 앞마당으로 돌아가 대문을 열었다. 호기심 가득한 눈으로 주위를 두리번거리며 달이가 들어왔다. 그 뒤를 만하와 인호가 따랐다. 나는 조심스럽게 대문을 닫았다. 길가의 가로등 불빛이 마당을 희미하게 비춰 주고 있었다.

"다들 조심해."

달이가 속삭였다. 당연히 조심하지, 말하는 순간 나는 따끔함을 느꼈다.

"거봐. 조심하라니까. 장미야."

마당 가장자리마다 빈틈없이 장미가 심어져 있었다. 본능적으로 어둠 속을 찾아들었다가 가시에 온몸을 찔리고 말았다. 만하가 키득거렸다. 만하의 배에다 묵직한 펀치 한 방을 먹여 주고는 현관문으로 다가갔다. 주머니에서 만능열쇠를 꺼내 열쇠구멍에다 넣고 돌렸다. 좀 빽빽한가 싶더니 철컥, 소리와 함께 열쇠가 돌아갔다. 문이 열렸다.

"어? 어떻게 열었어?"

휘둥그레진 눈으로 만하가 물었다.

"만능열쇠. 세상의 문이란 문은 다 열 수 있다는."

"대단한데? 어디서 났어?"

"우리 아빠가 만든 거야."

만능열쇠는 아빠가 만든 수많은 발명품 중 유일하게 마음에 드는 것이었다. 세상에 딱 하나뿐이라는 것도 마음에 들었다. 아빠가 가족들을 모아 놓고 '세상의 문이란 문은 다 열 수 있는 만능열쇠야' 하며 이것을 선보였을 때 엄마는 착잡한 표정을 감추지 못했다. 누나는 설마 하는 얼굴이었고, 나는 환호했다. 아빠가 새삼 대단해 보였다. 역시 위대한 발명가라고 치켜세우며 두 손을 모아 공손하게 아빠 앞으로 내밀었다. 열쇠를 받아 들고 방방마다 다니며 문을 잠근 뒤 열어 보았다. 정말이었다. 안방도, 내 방도, 서재도, 화장실 문도 다 열렸다. 그 순간의 환희를 무슨 말로 표현할 수 있을까. 그토록 갖고 싶어 했던 모터사이클이 당장 생긴대도 그보다 더 기쁠 수는 없을 것 같았다. 만능열쇠로 뭘 하겠다는 계획은 딱히 없었지만. 계획이야 차차 세우면 되니까.

"이거 어떻게 만들었어?"

흥분을 감추지 못한 채 내가 물었다. 아빠의 얼굴이 환하게 빛났다. 아빠가 말했다.

"우린 이제 부자가 될 거야."

"상품으로 만들어 팔려고?"

엄마가 물었다.

"당연하지."

"다시 생각해 봐."

"걱정할 거 없어. 이번엔 기필코 성공할 거니까."

아빠가 가슴을 쫙 펴며 호탕하게 웃었다. 나도 아빠를 따라 웃었다.

"도둑들만 살판나겠네. 우린 이제 밤에 잠은 다 잤다. 한희를 이불로 둘둘 말아서 장롱 안에다 보관할 수도 없고…… 당신이 곡괭이라도 들고 서서 가족들 지켜야지 뭐."

한희는 누나의 이름이었다. 엄마의 입에서 '한희'가 튀어나오는 순간 아빠와 누나의 얼굴이 동시에 노래졌다.

"도둑한텐 안 팔면 되지."

노래진 얼굴로 아빠가 항변했다.

"하긴, 그러면 되겠네. 나 도둑이오, 얼굴에 써 붙이고 다니는 도둑이 있다면."

엄마의 반격에 아빠는 고개를 떨어뜨렸고, 그길로 집을 나가 한 달 동안 들어오지 않았다. 그렇게 해서 지금 내 손 안에 있는 이 만능열쇠가 세상에 유일무이한 것이 되었다. 나는 만능열쇠를 소중히 간직했다. 언젠가는 쓰일 날이 오겠지 기대하며. 엄마의 도둑 어쩌고 하는 말 때문에 처음의 환희가 반으로 뚝, 꺾이기는 했지만. 그리고 마침내 오늘 개시를 한 것이다.

"나도 좀 빌려 주라."

만하가 말했다. 나는 단칼에 거절했다. 만하를 못 믿어서는 아니었다. 기껏 자기네 집 안방 깊숙이 모셔져 있다는 금고나 열겠지. 늘 용돈이 적다고 투덜댔으니. 오히려 그래서 빌려 줄 수 없었다. 세상에 하나뿐인 귀중한 만능열쇠를 그 따위 하찮은 일에 사용해서야 되겠는가 말이다. 이것은 인류를 위해, 아 너무 거창하다, 아무튼 정의를 위해 사용되어야 한다는 게 나의 소박한 소신이었다. 칭찬은커녕 욕만 잔뜩 먹고 파리한 얼굴로 집을 나간 아빠를 생각해서라도.

"내 전 재산을 줄게. 아빠한테 하나 더 만들어 달라고 하면 되잖아."

"너희들 거기서 밤샐 거야?"

먼저 집 안으로 들어간 달이가 재촉했다.

"일단 들어가자."

나는 만하의 등을 떠밀었다. 현관문을 닫고 손전등을 켰
다. 실내는 완전한 어둠 속에 잠겨 있었다. 내 주먹 크기의 동
그란 불빛 네 개만이 우리가 의지할 수 있는 빛의 전부였다.

"천장 좀 봐봐. 굉장히 높아."

손전등으로 달이가 가리킨 곳을 비춰 보았다. 거실에서 올
려다본 천장은 손전등 빛조차 닿지 않을 정도로 높았다. 일층
에는 문 닫힌 방들이 보였지만, 이층 난간 너머에는 뭐가 있는
지 보이지 않았다. 높은 천장 때문인지 마치 오페라 극장에 와
있는 듯했다. 웅장하면서도 엄숙한 분위기에 압도당해 있는
데, 겨울엔 엄청 춥겠다, 내 어깨를 툭툭 치며 만하가 말했다.

우아 이건! 그렇게 감탄한 건 먼저 이층으로 올라간 인호
였고, 엘피판들이야, 외친 건 그 옆에 선 달이였다. 만하와 나
는 서둘러 이층으로 올라갔다. 이층을 빙 둘러 책장이 놓여
있었고, 책장 가득, 천장 바로 아래까지 책과 음반 들이 빽빽
이 꽂혀 있었다. 그 외에는 아무것도 없었다. 온통 책과 음반
뿐이었다. 책보다는 음반이 훨씬 많았다. 이거 도대체……,

목소리가 떨리는 바람에 나는 말을 잇지 못했다. 이 집 주인 대체 뭐하자는 거지……, 내가 못다 한 말을 달이가 받았다.

"집을 잘못 찾은 거 아닐까?"

잔뜩 주눅 든 얼굴로 인호가 말했다. 그럴 리 없었다. 문패에 분명 장문규라고 쓰여 있었다.

"혹시 동명이인? 집장사 하는 사람치곤 취미가 너무 고상하잖아. 아니, 이게 어딜 봐서 취미야. 죽을 때까지 들어도 다 못 듣겠다. 이 정도면 폐인 수준이라고. 호환 마마 페스트보다 무섭다는."

만하가 툴툴거렸다. 동명이인일 리도 없었다. 그랬으면 인호의 부모님이 몰랐을 리 없으니까. 예상치 못한 곳에서 불의의 습격을 받은 것처럼 얼떨떨해 있는 우리를 일깨운 것은 달이였다.

"이것들 가져갈 거지? 완전 골동품이네."

달이는 벌써 책장에서 음반을 골라내고 있었다. 우리는 아무도 선뜻 대답하지 못했다. 이거다, 하고 정해 놓은 건 없었어도 컴퓨터나 카메라, 혹은 인터넷 경매 사이트에 올릴 수 있을 만한 것을 염두에 두고 있던 우리에게 엘피판은 너무 뜻밖의 물건이었다. 꿈에서도 생각지 못한. 서로 눈치만 보다가 겨우 내가 이렇게 중얼거렸다.

"팔 수 있을까……. 공사비 마련하려면……."

"너희들 기껏 엠피스리나 카메라, 이런 것만 생각했지? 그것들보다 훨씬 가치 있는 거야. 딱 봐도 이 집에서 가져갈 만한 건 요놈들밖에 없어."

그래도 우리는 멍청하게 서 있기만 했다. 그런 우리를 달이가 몰아붙였다.

"얼른 움직여. 희귀 음반들로 추려야 하는데……. 뭐가 뭔지 모르겠거든 낡고 오래돼 보이는 것들로 골라내."

그제야 우리는 미심쩍음과 망설임, 미혹에서 벗어나 움직이기 시작했다. 손 닿는 곳까지만 해도 수만 장은 돼 보였으니 굳이 그럴 필요가 없는데도 만하는 어디선가 사다리를 가져오더니 책장 꼭대기의 음반들을 뒤적였다. 그렇게 골라낸 음반은 각자 메고 온 가방에 넣었다. 가방 네 개를 다 채웠는데도 책장에서 빈자리는 거의 느껴지지 않았다. 한강에서 세숫대야 네 개로 물을 퍼낸 정도랄까.

사다리를 원래 있던 곳에 가져다 놓고 우리는 일층으로 내려왔다. 일층에는 창가에 거대한 오디오와 앰프가 놓여 있었고, 그 옆에는 텔레비전, 거실 가운데에는 소파, 거실을 빙 둘러싸고 닫힌 문이 네 개였다. 하나는 화장실일 테고, 그렇다면 방이 세 개. 그런데 왜 문들이 꼭꼭 닫혀 있는 것일까. 하나도 예외 없이. 닫힌 문을 열고 안을 들여다보고 싶은 충동이 일었다. 정말 아무도 없는 게 맞는 걸까. 저 닫힌 문 안에 온갖 범행의 증거들이 숨겨져 있는 것은 아닐까. 여기까지 왔는데, 열어 볼까? 그 생각을 하자 짜릿한 긴장감이 온몸을 훑고 지나갔다.

닫힌 문들을 향해 한 발을 내디뎠다. 또 한 발, 그리고 또 한 발. 그때였다. 누군가가 내 팔을 잡더니 현관문 쪽으로 끌어당겼다. 뒤를 돌아보았다. 인호였다. 가자. 인호가 목소리를 한껏 낮추고는 말했다. 나는 움직이지 않았다. 앞으로도, 뒤로도 가지 못했다. 가자고. 인호의 목소리가 떨리고 있었다. 목소리뿐 아니라 몸도 떨고 있었다. 인호의 떨림이 내 팔을 잡은 손을 통해 고스란히 전해졌다. 할 수 없이 나는 인호 쪽으로 돌아섰다. 만하와 달이는 벌써 마당으로 나가 우리를 기다리고 있었다.

나는 지금도 생각한다. 그리고 후회한다. 그때 왜 한 번 더 뒤를 돌아보았을까. 왜 닫힌 문들에 아쉬움의 눈길을 던졌을까. 그러지 말았어야 했다. 소금기둥이 되고 싶어 환장한 게 아니라면 돌아보지 말았어야 했다. 시간이 거꾸로 흘러 그때 그 장소에 다시 서게 된다면, 나는 절대로 돌아보지 않을 것이다.

그러나 방학을 이틀 앞둔 7월 17일의 나는, 현관문을 나서기 직전 무심코 닫힌 문들을 돌아보았고, 그 닫힌 문들 중 하나에서 이상한 빛을 발견했다. 저게 뭐지? 하는 순간 현관문이 닫혔고, 빛은 사라졌다. 나는 인호가 끄는 대로 끌려갔다.

5

인광이었을까. 아니면 현관문 사이로 새어 들어간 달빛이 문손잡이 같은 것에 반사된 것이었을까. 그것도 아니라면 동물의 눈? 이를테면 애완견? 그런 생각들이 두서없이 떠올랐지만 설마 그 빛, 달빛에 비친 그것이, 사람의 눈일 거라고는 맹세코 상상조차 하지 못했다.

무사히 집을 빠져나온 우리는 서둘러 언덕배기를 떠났다. 어느새 열두 시였다.

"우리가 두 시간이나 있었단 말이야?"

만하는 믿기지 않는다는 표정이었다.

"그러게. 너희들 참 간도 크다."

달이가 말했다. 그러는 너는? 씨익 웃으며 만하가 대꾸하자 달이가 깔깔거렸다. 이제 이거 어떡하지? 인호가 물었고, 일단은 각자 보관하고 있어, 달이가 대답했다.

"그런데 나만 이런 생각이 드는 건가? 왜 아까부터 자꾸 달이가 명령을 내리는 것 같지? 따라온 주제에."

만하가 툴툴거렸다.

"니들이 모자라니까 그렇지."

달이가 손가락으로 자기 머리를 톡톡, 쳤다. 만하가 과장되게 낄낄거렸다. 연화중학교를 지났다. 만하에게 어깨동무를 하며 내가 말했다.

"자기 가방에 있는 거 일단 가지고 있어. 이런 옛날 음반 수집하는 데가 분명 있을 거야. 한번 알아볼게."

"팔 때 같이 가 줄까?"

달이가 물었다. 만하가 짓궂게 웃으며 휘파람을 불었다. 나는 대답하지 못했다. 달이가 묻는 순간 나는 밤이를 생각하고 있었다. 같이 가 줄까, 물은 사람이 밤이였으면, 밤이가 달이처럼 적극적인 성격이면 얼마나 좋을까, 생각하고 있었다. 그러나 또 다음 순간에는 바람이나 쐴 겸 같이 나오라고 하면 어떨까, 하는 생각이 떠올랐다. 가능할까? 정말 밤이가 나올까.

"싫어? 그럼 혼자 가라."

"아, 아냐, 같이 가자."

나는 손까지 내저으며 재빨리 말했다. 그래, 일단 부딪쳐 보는 거다. 밤이가 나오든 나오지 않든.

엄마와 누나가 출근하자마자 고무장갑을 끼고 거실 욕실로 들어갔다. 열 시까지 시내로 가려면 서둘러야 했다.

"밤이랑 같이 나갈게."

방학식이 끝난 어제 오후 달이가 말했다. 내가 넌지시 제안하긴 했어도 정말 밤이가 나오겠다고 할 줄은 몰랐던 터라 달이의 말이 믿어지지 않았다. 혹시 놀리는 게 아닐까. 정말이야? 내가 물었다.

"친구네 집이 어려워져서 대신 팔아 주는 거라고 했어. 봉사 좀 하라고."

"아, 봉사! 의리 있네."

"오해하지 마. 부모님이랑 집에 같이 있기 싫어서 따라온다고 한 거니까. 엄마 아빠도 방학이거든."

이유야 어쨌든 상관없었다. 밤이가 나온다! 밤이와 하루를 보낼 수 있다! 내게는 그것만이 중요했다. 그리고 중요해진 게 또 하나 있었다. 데이트 비용. 피시방에 가자는 만하를 뿌리치고 곧장 집으로 향했다. 그러고는 청소기를 돌리고 설거지를 했다. 엄마와 누나에게 잘 보이기 위해서였다. 마침내 두 사람이 퇴근해 돌아왔을 때 짐짓 모른 척 기다렸으나 두 사람 모두 청소도 설거지도 알아채지 못했으므로 결국 내가 나서서 내 공적을 치하했고, 당당히 용돈을 요구했다. 엄마는 온화한 미소로 나를 바라보며, 17년 만에 엄마를 감동시키는 일을 했으니 '칭찬'받아 마땅하긴 하나 이것은 상호 협의하에 행해진 일이 아니므로 '용돈'은 줄 수 없다고 말했다. 그리고 덧붙였다.

"이제 다 컸구나."

나는 누나를 보았다. 방으로 들어가며 누나가 말했다.

"철 좀 들어라, 이 철딱서니 없는 동생아."

기대했던 반응들이 아니었으므로 실망도 이만저만이 아니었다. 하지만 내가 누군가. 포기하지 않았다. 저녁 내내 엄마와 누나를 졸랐다. 내가 귀찮게 따라다니자, 정 그렇다면, 하고 엄마가 말했다.

"내가 제안 하나 할게. 안방 욕실 청소하면 용돈 준다. 이제 보니 우리 아들, 집안일에 소질 있네."

누나도 말했다.

"거실 욕실도 청소할래? 그럼 용돈 줄게."

사악한 인간들. 잘 보이려고 했던 일이 오히려 독이 되어 돌아올 줄이야. 내 꾀에 내가 넘어간 꼴이었다. 가족이 뭐 이래, 투덜거려도 두 사람은 꿈쩍하지 않았다. 사람들이 정이 없어 정이, 쩨쩨하게 용돈 몇 푼 가지고, 해 봐도 두 사람은 전혀 미안한 얼굴이 아니었다. 성적표 받아 왔니? 오히려 엄마가 공격을 해 왔다. 치사한 엄마 같으니라고.

"알았어. 한다고. 단, 선불이야."

엄마와 누나는 약속을 지키지 않을 경우 다음 달 용돈은 없다는 협박을 한 후에야 지갑을 열었다.

세제 묻힌 솔로 욕조와 세면대, 변기까지 박박 닦았다. 닦고 쓸고 씻어 내니 한결 욕실이 환해졌다. 거실 욕실을 끝낸 후에는 안방 욕실로 갔다. 또 같은 과정을 반복했다. 찜질방에 들어오기라도 한 듯 온몸이 땀으로 젖었다. 얼마간 망설이다 KFC 할아버지도 샤워를 시켜 주었다. 아빠는 아빠의 아빠를 생각하며 이걸 만들었다고 했다. 그런데 이상도 하지, KFC 할아버지는 우리 할아버지를 전혀 닮지 않았다. 우리 할아버지는 대나무처럼 말랐고, 꼿꼿했고, 그리고 누구에게나 엄격했다. 아빠는 우리를 데리고 1년에 딱 세 번만 할아버지 댁으로 갔다. 설날과 추석 그리고 할머니 생신 때. 할아버지 생신은 패스. 그렇게 가서도 아빠는 내내 당신이 현재 개발 중이거나 앞으로 개발할 발명품에 대해서만 떠들었고,

할아버지는 그런 아빠를 한심하다는 눈으로 쳐다보았다. 정신 차려! 할아버지의 일갈에도 아빠는 씨익 웃으며 네, 하고는 그만이었다. 그랬으므로 두 사람이 함께 목욕탕에 가서 벌거벗은 몸을 부딪히며 등을 민다는 건 상상도 할 수 없었다. 그런데 한술 더 떠 할아버지가 아들도 아닌 다른 사람의 등을 밀어 줘? 있을 수 없는 일이지. 혹 그래서 KFC 할아버지처럼 푸근한 몸에 인자한 얼굴로 만들었나? 아빠가 원하는 아버지상이란 뜻?

욕실 청소를 끝낸 뒤 서둘러 샤워를 했다. KFC 할아버지 얼굴은 수건으로 덮어 놓은 채.

내 계획은 이랬다. 일단 밤이와 달이를 만난다. 날이 더우므로 시원한 음료를 마시러 가자고 한다. 약간의 대화. 혹은 둘의 수다를 경청하는 것도 괜찮겠지. 열두 시에는 점심을 먹으러 간다. 패밀리 레스토랑으로 유도. 메뉴 선택권은 전적으로 둘에게 맡기기. 만하나 인호와 있을 때처럼 허겁지겁 먹는 건 절대 금물. 두 시쯤에는 음반 가게로 간다. 미리 조사해 놓은 세 군데를 다 돌고 나면 네 시쯤? 다시 산책으로 유도. 날이 더우므로(여름이니까!) 시원한 곳으로 가자고 한다. N서울타워? 롯데월드? 걷거나 타는 걸 싫어할 수도 있으므로 영화관? 역시 선택권은 둘에게 준다. 일곱 시쯤에는 저녁을 먹으러 간다. 저녁 식사 후엔…… 야간 개장한 놀이공원? 한강 유원지? 여자애들이 좋아한다는 삼청동 카페 거리? 어쨌든 다 좋다. 하자는 대로 하자. 단 하나 양보할 수 없는 것, 열두 시 귀가. 너무 늦나? 분위기 봐서 열한 시 귀가로 조정. 둘만 있으면 어렵겠지만 달이도 함께 있으니 열한 시 정도야 가능하겠지.

샤워를 끝냈다. 온몸 구석구석 꼼꼼하게 바디로션을 발랐다. 드라이어로 머리를 말렸다. 손바닥으로 얼굴을 탁탁, 쳐가며 스킨과 로션을 발랐다. 거울에 비친 나를 바라보았다. 흠, 멋있군. 옷을 입었다. 청바지와 티셔츠. 꾸민 듯 꾸미지 않은 듯 자연스럽게, 그러나 멋스럽게. 청바지와 티셔츠라고 우습게 보면 안 되지. 이 옷들로 말할 것 같으면 이런 날을 위해 유명 백화점에 가서 거금을 주고 산 뼈대 있는 가문의 자식들이란 말씀.

나는 부푼 마음으로 집을 나섰다.

6

"그래서 넌 싫어?"

달이가 물었다. 밤이는 머뭇거리다 마지못한 듯 대답했다.

"싫고 좋고의 문제가 아냐. 난 못 해."

"그러니까 도전이지."

"그래도 난 못 해."

래프팅 얘기였다. 달이가 동강에서의 래프팅을 제안했고 밤이는 못 한다고 버티고 있는 중이었다. 달이가 말했다.

"그럼 네가 원하는 걸 말해 봐."

"……."

"그럼 네가 할 수 있는 걸 말해 봐."

"……."

끝내 밤이는 대답하지 못했다.

벌써 한 시간째였다. 시곗바늘은 열두 시를 향해 맹렬하게 달려가고 있었다. 밤이와 달이는 팽팽한 분위기 속에서 의견을 좁히지 못했다. 레스토랑 예약시간이 다가오고 있어서 초조했지만 둘 사이에 끼어들 엄두는 나지 않았다. 아니, 끼어들 여지도 없었다.

처음부터 조짐이 좋지 않긴 했다. 열 시가 지났는데도 둘이 나타나지 않았을 때 이미 짐작했어야 했다. 10분 일찍 도착한 나는 땡볕에 서서 오지 않는 둘을 하염없이 기다렸다. 약속장소를 실내로 잡지 않은 걸 천만 번쯤 후회했다. 날이 너무 더웠다. 당연하다, 한여름이니까. 목덜미로 땀이 줄줄 흘렀다. 가방 네 개 분량의 음반이 담긴 배낭도 점점 어깨를 짓눌러 왔다. 자동차 소음 때문에 귀가 먹먹했고 매연 때문에 목이 따가웠다. 무엇보다 속상한 것은 정성스럽게 드라이한 머리와 이날을 위해 준비한 옷이 땀으로 얼룩지고 배낭에 눌려 구겨지고 있다는 점이었다. 멋은커녕 백두대간 종주했냐는 소리만 안 들어도 다행일 판이었다. 열 시 삼십 분, 마침내 밤이와 달이가 나타났을 때, 지하철역 에스컬레이터에서 땅 위로 서서히 솟아오를 때 나는 환호성이라도 지르고 싶은 심정이었다.

"아, 덥다. 어디든 들어가자."

내가 해야 할 말을 달이가 했다. 주도권을 뺏겼다는 생각이 들었지만 뭐, 상관없었다. 어쨌든 내 계획대로 되는 셈이니까. 밤이와 달이가 앞장서고 나는 뒤를 따랐다. 그렇게 해서 우리 셋은 패스트푸드점에 마주 앉게 되었다. 무려 한 시간 전에.

"지리산 종주, 웨이크보드, 래프팅 다 싫으면 도대체 뭐가 좋은데?"

달이의 목소리가 차츰 커지고 있었다. 점심시간을 앞두고 몰려드는 손님들과 요란한 음악 소리 때문만은 아니었다.

"넌 왜 다 몸 쓰는 것뿐이야?"

"내가 뭐 좋아서 이러니? 엄마 아빠가 하라니까 하는 거지."

달이가 변명처럼 말했지만 그러나 내가 보기에 그 말은 반은 맞고 반은 틀렸다. 물론 밤이네 부모님이 '몸으로 부딪치는' 도전 과제를 정해 오라고 한 건 사실이었다. 며칠 전 달이가 말했다.

"방학 동안 어딘가로 가서 무언가를 해야 해. 우리 부모님 인생철학이자 교육지침이야. 자식들에게 다양한 경험을 하게 하는 것. 극복이나 극기에 가까우면 더 좋고."

멋지다! 내가 감탄하자 달이가 심드렁해져서는 말했다.

"아무리 괴상한 부모님한테 단련된 우리라도 중3 겨울방학 땐 정말 어이가 없더라. 방학식 마치고 집에 갔는데 대문에 쪽지가 붙어 있는 거야. '구산슈퍼 송 씨를 찾아가거라' 누가 장난친 건 줄 알고 그냥 무시했지. 집이 비었는지 초인종을 눌러도 나오는 사람이 없기에 열쇠로 열려고 열쇠구멍에 넣고 돌렸는데, 분명 열쇠는 돌아가는데 문이 안 열리는 거야. 안에서 대문 손잡이를 쇠사슬 같은 걸로 묶어 놨었나 봐. 설마 하면서도 쪽지를 다시 봤지. 구산슈퍼가 동네에 있는 구멍가게니까 송 씨는 아마 그 집 주인이겠지. 일단 밤이랑 구산슈퍼로 갔어. 슈퍼 아줌마한테 쪽지를 보여 주니까 이 아줌마가 부스럭부스럭 한참 뭘 찾더니 메모지 한 장하고 배낭을 내주네. 그런데 메모지에 뭐라고 적혀 있었는지 아니. 달랑 주소 한 줄. 아무것도 없고 전라북도 어딘가 하는 주소 뿐이야. 배낭에는 돈이랑 우리 옷들이 들어 있고. 찾아오라는 뜻이었지."

"그래서? 잘 찾아갔어?"

"찾아는 갔지. 고생은 했지만."

"꼭 모험하는 것 같았겠다."

"이 정도는 약과야. 어릴 때부터 하도 황당한 일을 많이 당해서."

"이번엔 뭘 할 거야? 생각해 놓은 거 있어?"

"난 사실 패러글라이딩이나 암벽등반을 배워 보고 싶은데 밤이 때문에 그건 힘들 것 같고…… 백두대간 종주가 어떨까? 꼭 한번 해 보고 싶었는데."

"밤이 죽일 일 있냐!"

나도 모르게 팩, 소리쳐 버렸다. 그러고는 달이 눈치를 보는데 정작 달이는 아무렇지도 않은 듯 말했다.

"그럼 지리산 종주로 바꿀까?"

"그것도 힘들 것 같은데……. 갑자기 무리한 운동을 하면 심장마비 올 수도 있어."

그 후로도 몇 분간이나 더 달이는 내가 말리고 싶은 것들로만 꼭꼭 집어 말했다. 본인이 좋아하지 않으면 절대 할 수 없는 것들, 다양한 경험 좋아하는 부모님조차도 혀를 내두를 만한 것들로만. 그때 나는 얼마나 후회했던가. 밤이를 깜빡 잊고 달이에게 멋지다느니 대단하다느니 칭찬에 감탄을 퍼부은 것을. 멋지긴 뭐가 멋지단 말이냐. 애들끼리 주소 한 장 달랑 들고 전라도 어딘가로 가다가 사고라도 당했으면, 길이라도 잃었으면 어쩔 뻔했냐 말이다. 위험하기는 이번에도 마찬가지였다. 몸으로 부딪치는 일을 하다가 몸을 다치기라도 하면!

"우리가 빨리 결정해야 해. 안 그럼 엄마 아빠 맘대로 할 거야."

달이가 다그쳤지만 밤이는 여전히 대답이 없었다. 새침한 얼굴로 앉아 주스 잔만 만지작거렸다. 오히려 안절부절못하고 달이의 다그침에 쫓기는 것은 지켜보는 나였다. 얼른 대안을 내놓지 않으면 달이 '맘대로' 결정할지도 모른다는 생각에 마음이 급했다. 위험하지도 힘들지도 않은 것, 그리고 자연스럽게 내가 합류할 수 있는 것.

"농활 어때? 제일 무난해 보이는데. 둘이 힘들 것 같으면 내가 같이 가서 도와줄게. 나 일 잘해."

패스트푸드점의 소음을 뚫고 내가 말했다. 같이 가게 된다면, 이보다 더 멋진 방학은 없을 것이다. 내가 한 번 더 말했다. 유도로 치자면 굳히기.

"농활로 해, 밤아. 내가 다 해 준다니까. 넌 그늘에서 책이나 읽어. 너희 부모님한텐 비밀로 해 줄게."

그 순간, 내 상상을, 내 흥분을 산산조각 내는 한마디가 들려왔다.

"아, 지겨워."

밤이의 목소리였다. 나는 고개를 떨어뜨렸다. 지겨움의 대상은 생략되고 없었지만 내 귀엔 마치 나를 겨냥한 말처럼 들렸다.

"그냥 공부나 했으면 좋겠어."

지겨움의 대상은 곧 밝혀졌지만 한번 상처 입은 마음은 쉽사리 회복되지 않았다.

"이건 좀 더 생각해 보기로 하고 지금은 음반이나 처리하러 가자."

달이가 말했다. 우리는 일어났다. 나는 배낭을 멨다. 지열로 뜨거워진 거리로 나섰다. 레스토랑 얘기는 꺼내 보지도 못하고 음반 가게로 발길을 옮겼다.

아버지의 사업 실패, 빚, 경매, 좁은 집으로 이사, 물건들 처분.

미리 연습하기라도 한 듯 달이의 입에서는 그런 단어들이 막힘없이 나왔다. 카페를 겸한 음반 가게였다. 아니, 음반 수집과 판매를 겸하는 카페였다. 창가를 제외하고는 벽을 빙 둘러 음반이 꽂혀 있었고 가운데에는 차를 마실 수 있는 탁자와 의자가 있었다. 주인 남자는 달이의 이야기를 주의 깊게 들었다. 완전히 믿는 눈치였다. 무리도 아니었다. 드라마 소재로나 어울릴 그런 뻔한 얘기였음에도 달이의 입에서 나오고 밤이의 새침한 얼굴이 더해지자 그것은 세상 그 무엇보다 가슴 아픈 사연이 되었으니까. 하마터면 나까지 깜빡 속아 넘어갈 뻔했다.

"어디 한번 볼까?"

주인 남자가 말했다. 뒤에 처져 있던 나는 앞으로 나가 배낭을 열었다. 조심스럽게 음반 몇 장을 꺼내 탁자 위에 놓았다.

"누구 거니? 아버지?"

"엄마요."

달이가 대답했다. 남자가 음반을 들고는 이리저리 살펴보았다. 나는 조마조마한 마음을 들키지 않기 위해 뒤로 물러섰다. 설마 진짜 주인을 알아보는 건 아니겠지, 훔친 물건이라는 걸 눈치채는 건 아니겠지, 설마, 음반에 이름이 쓰여 있는 것도 아니고. 머릿속으로는 그렇게 생각하면서도 심장은 살갗을 뚫고 튀어나올 것처럼 세차게 뛰었다. 남자가 자리에서 일어나더니 카운터 뒤로 갔다. 거기에 오디오가 있었다. 잠시 후 피아노 선율이 카페를 가득 채웠다. 또 조금 후에는 아리아 같은 노랫소리가, 다음에는 팝송이, 그다음에는 교향곡, 또 그다음에는 성악곡, 마지막으로, 작곡된 지 몇 십 년은 되었을 듯한 가요가 흘러나왔다.

"어머니가 음악 애호가이신가 보구나. 장르가 다양하네. 상태도 양호하고."

탁자로 돌아온 남자가 말했다. 달이가 방긋 웃었다. 밤이는 새침한 표정을 풀지 않았다.

"가져온 거 모두 꺼내 볼래?"

밤이는 집으로 가고 싶어 했다. 점심도 시원한 음료수도 영화도 산책도 다 싫다고 했다.

"피곤해."

이제 겨우 두 신데 피곤한 밤이를 더 잡아 둘 핑계가 없었다. '피곤하니 비디오방에 가서 한잠 때릴까?'라고 말할 순 없지 않은가. '피로 회복에 최고라던데 달걀노른자 동동 띄운 쌍화차 한 잔 어때?'라고도. 배낭의 짐도 모두 처리했고 주머니도 두둑하고 시간도 많은데, 엄마와 누나에게 비굴하게 매달리고 청소까지 해 가며 얻어 낸 용돈이 고스란히 남았는데, 열두 시까지 빽빽하게 짜인 계획 중 아직 아무것도 못 했는데 밤이를 집으로 보내야 하다니. 빈 배낭 멘 어깨가 축 처졌다.

"너 먼저 갈래?"

달이가 말했다. 밤이를 향해.

"넌?"

"이 큰돈을 한음이한테만 맡길 순 없잖아. 같이 전해 주고 갈게."

"그러든지."

밤이가 돌아섰다. 인사도 없이. 지하철역 안으로 밤이가 완전히 사라지자 밥 먹으러 갈래?, 달이가 물었다.

"너 배고프잖아. 아까부터 꼬르륵 소리 나는 것 같던데."

달이가 말했다. 소리 내지 않기 위해 배에 잔뜩 힘주고 있었는데 노력한 보람도 없이 들키고 말았다. 김밥 먹으러 갈까? 달이가 물어서 그러자고 했다. 지난밤부터 고민한 수많은 메뉴들은 이미 기억 속에서 깡그리 지워지고 없었다.

"너 속셈이 뭐야?"

김밥 두 개를 한꺼번에 입안으로 밀어 넣다 말고 고개를 들었다. 달이가 나를 빤히 쳐다보고 있었다.

"뭐, 뭘?"

침착하려고 했으나 어쩔 수 없이 목소리가 떨렸다.

"농활."

들켰구나……. 어느 책에선가 그랬지. 기침과 가난 그리고 사랑은 숨길 수가 없다고. 정말이었구나. 이제 앞으로 얼마나 놀릴까. 달이는 그렇다 쳐도 만하와 인호에게만은 비밀로 해야 하는데……. 달이를 어떻게 설득하지? 모른 척해 달라고 할까. 아니라고 잡아뗄까.

"우리가 부러운 거지? 너도 모험 좋아하지? 지난번에 이미 알아봤어."

응? 이번엔 내가 달이를 빤히 쳐다보았다. 양볼 가득 김밥을 넣고서.

"이 누나가 크게 한번 인심 쓴다. 그래, 따라붙어라. 밤이는 내가 설득할게."

"정말?"

"그렇다니까. 현실적으로, 밤이가 다른 선택을 하긴 힘들어. 움직이는 걸 엄청 싫어하거든. 네가 일해 준다면 안 그런 척해도 속으론 좋아할걸."

나는 김밥을 꿀꺽 삼켰다. 고맙다는 말과 함께. 대신 이렇게 물었다.

"언제 가는 거야?"

"아마 다음 주쯤?"

"어디로?"

"그건 아빠가 정해 줄 거야."

"우리 셋 차비랑 숙박비, 식비 다 내가 낼게. 이 오빠가 크게 인심 한번 쓴다."

머릿속에선 이미 계획이 착착 세워지고 있었다. 설거지와 욕실 청소, 거실 청소, 쓰레기 버리기 등 일부러 찾지 않아도 할 일은 쌔고 쌨다. 우리 집 게으른 여자들은 분명 돈보다는 편안함을 추구할 것이다. 게다가 어제 받은 용돈도 아직 넘치도록 남아 있지 않은가. 밤이와 함께 방학을 보낸다! 그것도 집이 아닌, 부모님도 없는, 낯선 곳에서! 나는 김밥과 단무지를 입에 넣고서 힘차게 씹었다. 국물은 그릇째 들고 마셨다. 헤벌쭉 웃고 싶은 걸 겨우 참아 가며. 농활이고 모험이고 모두 다 물거품이 되고 말리라는 건 상상도 하지 못한 채. 농활은커녕 다음 날이면 지옥의 나락으로 떨어져 고통의 끝을 맛보리라는 건 까맣게 모른 채.

7

새벽부터 배 속이 시동 걸린 낡은 트럭처럼 덜덜거렸다. 그렇게 덜덜거리다 돌부리에 걸리거나 브레이크라도 밟을라치면 지체 없이 화장실로 달려가야 했다. 나중엔 달려가는 시간을 줄이기 위해 방으로 돌아가는 대신 소파에 누워 대기했다. 차라리 잠들면 좋으련만 잠이란 게 또 묘한 녀석이어서 오지 말랄 땐 기어이 찾아오면서 오랄 땐 죽어도 오지 않았다. 어쩌면 긴장 풀고 자다가 실수할지도 모른다는 불안감 때문에 쉽사리 잠들지 못하는 것일 수도 있었다.

이 모든 게 누나 때문이었다. 누나가 치킨만 사 오지 않았어도. 맥주만 권하지 않았어도. 마셔 봐, 달콤한 유혹에 넘어가는 게 아니었다. 그런데 왜 나만? 누나는 화장실 한번 가는 일 없이 쌔근쌔근 잘도 자지 않는가. 평소 알코올로 단련된 몸이라 어지간한 자극에는 끄떡없는 것일까.

창밖이 희뿌옇게 밝아 올 무렵 아마 잠이 든 모양이었다. 그 후로도 자다 깨다를 반복했다. 엄마와 누나의 발소리가 들렸고, 얘가 왜 여기서 자니, 누군가의 말소리도 들렸다. 그리고 내 몸을 흔드는 손길도 느꼈지만 나는 눈을 뜨지 못했다. 이 땀 좀 봐. 뭔가를 옮기는 소리가 들렸고, 곧 선풍기 바람이 얼굴을 쓰다듬고 머리카락을 나풀거리게 만들었다. 드라이어 소리, 요란하게 문 닫히는 소리, 텔레비전 소리가 비몽사몽의 잠 속으로 찾아들었다. 나는 자면서 생각했다. 우리 집 아침이 이렇게 부산스러웠구나. 그 속에 있을 땐 몰랐는데 이렇게 늘어져 누워 있으니 온갖 소리들이 다 들렸다.

내가 완전히 잠에서 깬 것은 열 시가 다 된 무렵이었다. 엄마도 누나도 출근하고 없는 조용한 집 안에 텔레비전만 혼자 떠들고 있었다. 나는 일어나 앉았다. 눈앞이 뿌옇고 몸에는 힘이 하나도 없었다. 그나마 다행인 것은 새벽 내내 요동치던 배 속이 진정되었다는 것이었다. 소파에 기대 앉아 멍한 눈으로 텔레비전을 바라보았다. 보기 위해 본 것은 아니었다. 눈앞에 텔레비전이 있었고, 움직이는 것은 그것뿐이었으므로 브라운관 속 쉴 새 없이 바뀌는 화면을 본능적으로 좇았을 뿐이었다. 그 뉴스를 본 것은 그렇게 앉아 밥을 먹어야 하나 죽을 먹어야 하나 고민하고 있을 때였다.

뉴스를 전하는 앵커들 뒤로 조그맣게 편집된 영상 하나가 흐르고 있었다. 누군가의, 혹은 어딘가의 집이었다. 화면은 곧 집의 외관에서 실내로 바뀌었다. 원형의 거실과 일층의 방들, 이층으로 오르는 계단이 잠깐 나타났다가 다시 이층집의 전면을 훑은 다음 가파른 내리막길로 끝이 났다. 그리고 다음 뉴스로 넘어갔다. 고작 1, 2분 정도?

어디서 본 것 같다는 생각이 든 것은 그러고도 몇 분이나 더 지나서였다. 사자머리 장식이 달린 대문, 지붕 아래까지 휑하게 뚫린 거실 천장, 일직선의 기다란 계단. 그제야 조금 전 귓가를 스쳐 지났던 기자의 목소리도 되살아났다. 서울 연화동(내 귀에는 연화동이라고 들렸지만 정확하지는 않았다)에 사는 육십 대 남성이 집에서 숨진 채 발견되었다는 내용이었다.

나는 핸드폰, 핸드폰 중얼거리며 주머니를 뒤지고 소파 방석을 들췄다. 탁자 위와 밑까지 살폈지만 핸드폰은 보이지 않았다. 결국 핸드폰은 내 방 베개 밑에서 찾아냈다. '연화동'과 '장모씨' 두 단어를 넣어 뉴스기사를 검색했다. 곧 몇 개의 기사가 떴고 그중 하나를 열었다.

서울 연화동에 사는 60대 남성이 숨진 채 발견돼 경찰이 수사에 나섰다.

경찰에 따르면 20일 오후 4시쯤 서울 연화동 자택에서 장모(65세)씨가 숨져 있는 것을 실장 겸 비서인 김모(36세)씨가 발견해 경찰에 신고했다. 김씨는 경찰에서 장씨와 "하루 종일 연락이 되지 않아 집으로 찾아갔고, 서재에 쓰러진 채 숨겨 있는 것을 발견했다"고 진술했다.

숨진 장씨는 부동산 매매 사업자로 가족 없이 혼자 살고 있던 것으로 알려졌다.

"타살인지 사고인지는 아직 알 수 없다. 다만 후두부 손상으로 인한 사망으로 보인다"고 발표한 경찰은 정확한 사망 원인과 사망 시각을 밝히기 위해 국립과학수사연구원에 부검을 의뢰하기로 했다.

설마 했는데 연화동…… 정말 연화동이었다!

핸드폰을 들고 있는 손이 떨렸다. 손뿐 아니라 온몸이 다 떨렸다. 숨도 잘 쉬어지지 않았다. 정말 그 노인일까? 정말 우리가 아는, 내가 아는 그 노인이 죽은 것일까? 하지만 그 노인이 아니라면 누구란 말인가. 연화동이라는 지명, 낯익은 대문과 실내. 아무리 부정하려 해도 그 노인인 것이 틀림없었다. 20일이라면 바로 어제였다. 내가 달이와 김밥을 먹으며 한창 농활에 대한 꿈을 키워 가고 있던 바로 그때 노인이 죽은 채 발견되었다.

나는 침대에 누워 이불을 뒤집어썼다. 금방이라도 경찰이 집으로 들이닥칠 것만 같았다. 신발을 벗고 들어갔다고는 해도 거실 바닥에 우리 발자국이 남았을 것이다. 눈 밝은 경찰이라면 책장 군데군데 음반이 빈다는 걸 알아챌 것이다. 대문과 현관문, 소파, 계단 난간 등 무수한 곳에 내 지문이 찍혔을 것이다. 사람이 죽었으니 경찰은 기를 쓰고 뭔가를 찾으려 할 것이다. 이러다 혹 도둑으로도 모자라 살인범으로 몰리는 것은 아닐까.

이불 속에 숨어 떨고 있을 때 문득 그날 밤의 그 이상한 빛이 떠올랐다. 현관문을 나서기 직전 보았던, 고개를 갸웃거리게 만들었던 기이한 빛. 그리고 이제야 나는 알 수 있었다. 그것은 장문규, 그 노인의 눈이었다. 증거는 없지만 그런 확신이 들었다. 달빛에 비친 노인의 눈이었다. 사람의 눈이 아니라면 무엇이란 말인가. 들어갈 때도 달이 밝았지만 그땐 분명히 아무런 빛도 보지 못했다.

그런데 노인은 왜 가만히 지켜보고만 있었을까. 우리가 해코지라도 할까 봐 숨어 있었던 것일까. 그렇다면 경찰에 신고하면 되지 않나. 우리는 그 집에 두 시간가량 머물렀다. 그것도 대부분 이층에. 아무리 겁 많은 노인이어도 신고할 시간은 충분했다. 왜 신고하지 않았을까. 우리가 두려워서 숨어 있었다면 그럼 마지막 순간엔 왜 문을 열었을까. 우리가 떠나기도 전에. 들킬 위험을 무릅쓰고.

무시무시한 독수리란 놈이 옆에 앉아 부리로 쪼는 것처럼 머리가 아팠다. 당연하다, 온갖 생각과 온갖 가정과 앞으로 일어날지도 모르는 온갖 일들과 불안과 두려움으로 머리가 터질 것 같았으니. 두 손으로 머리를 움켜쥐고는 끙끙거렸다. 그러다 어느 순간 잠이 들었다.

나를 흔들어 깨운 것은 엄마였다. 정신을 차리자마자 몇 시나 되었을까, 오로지 그것만이 궁금했다.

"설마 하루 종일 밥도 안 먹고 잔 거야?"

"몇 시야, 엄마?"

"아홉 시쯤 됐을걸."

나는 이불을 걷고 일어났다. 안방으로 갔다.

"밥 싫으면 다른 거 시켜 줄까?"

엄마가 안방으로 따라왔다. 옷장에서 아빠 티셔츠를 찾아 입었다.

"아빠 옷은 왜 입어?"

이번엔 누나 방으로 갔다. 엄마가 또 따라왔다. 누나 옷장에서는 가장 무난해 보이는 야구모자를 찾아 썼다.

"누나 모자는 또 왜?"

변장을 끝낸 뒤 마지막으로 내 방으로 갔다. 책장 위에서 보물 상자를 내렸다. 작년 생일에 선물로 받은 망원경을 꺼냈다. 줄을 길게 늘여 목에 걸고 망원경은 옷 안으로 넣었다.

어두운 데서라면 배가 나온 것으로 보이게끔.

"그건 뭐 하려고? 아닌 밤중에 웬 홍두깨?"

의아해하는 엄마를 뒤로하고 집을 나섰다. 시시티브이가 설치된 엘리베이터는 건너뛰고 계단을 이용해 일층까지 내려갔다. 모자를 깊숙이 눌러쓰고 아파트 현관을 빠져나갔다. 빠르지도 느리지도 않은 걸음으로 동네를 한 바퀴 돌았다. 그런 다음 연화중학교로 갔다. 별관 건물에는 옥상까지 이어지는 바깥 계단이 있었다. 소리 나지 않도록 조심하며 계단을 올랐다. 옥상에서는 오리걸음으로 걸었다. 적당한 곳에 자리를 잡고 앉아 망원경을 꺼냈다. 예상대로였다. 몇 개의 건물 너머로 그 집이 보였다.

나는 밤이 깊도록 옥상에 쪼그리고 앉아 폴리스라인이 쳐진 그 집을 바라보았다.

뛰어 봤자 벼룩이라고요

8

만하의 전화를 받고 급히 달려 나갔다. 인호라면 그런 선택을 할 만도 했다. 세상 물정 모르고 착해 빠지기만 한 녀석이니까. 미리 챙겼어야 했는데 인호를 잊고 있었다. 그나저나 내가 갈 때까지 만하가 잘 붙잡고 있어야 할 텐데, 얼른 가야 하는데, 마음만큼 다리가 움직여 주지 않았다. 숨이 차서 달리기는 포기하고 빠른 걸음으로 걸었다. 며칠 동안 밥도 안 먹고 잠도 안 자고 누워 있기만 했다. 지금 내 체력지수를 수치로 연산한다면 백 점 만점에 십 점 정도이지 않을까. 게다가 이 날씨는 또 뭐람. 살에서 연기 날 정도로 햇빛이 뜨거웠다. 하긴 그러니까 이맘때에 다들 휴가를 떠나는 거겠지.

마침내 공원에 도착했다. 집에서 공원까지의 길을, 불경을 공부하기 위해 천축국으로 떠난 삼장법사의 기나긴 여정,에 비교한다면 너무 과장일까. 나는 휘청거리는 걸음으로 아이들이 있다는 정자로 향했다.

"너 꼴이 왜 그러냐?"

나를 본 만하가 대뜸 소리쳤다. 간디 같아, 달이가 말했고, 엄마 가출하셨냐? 만하가 놀랐다. 이런 심각한 상황에서도 농담이 나온다는 게 신기했다.

"공사는 잘 했어?"

정자 구석에 웅크리고 앉은 인호에게 내가 물었다. 인호 얼굴빛도 좋아 보이지는 않았다. 아마 밤새 고민했겠지. 만하나 달이와는 비교도 할 수 없을 만큼 마음이 무겁겠지.

"너 왔다 간 다음 날 바로."

시무룩한 얼굴로 인호가 대답했다.

"그럼 이제 빨래도 샤워도 마음껏 하겠네."

"응. 그래서 이젠 돌려주고 싶어도 못 해. 진작 알았으면……."

"공사 안 하고 돌려줬을 거야?"

"아마도."

"받아야 할 걸 받았다고 생각해. 방법이 좀 이상하긴 했지만."

나 역시도 처음의 그 믿음이 흔들리고 있었지만 인호에겐 그렇게 말할 수밖에 없었다. 이미 벌어진 일이었다.

　"우리 때문에 죽었을 수도 있다는 생각이 머릿속에서 떠나질 않아. 집에 도둑이 든 걸 알고 충격받아서 쓰러진 거라면……."

　"그래서 자수하겠다고?"

　"평생 죄책감에 짓눌려 살고 싶지는 않아."

　"그럼 우리는? 그 집 털자고 모의한 것도 우리고 내다 판 것도 우리야. 우리도 공범이라고."

　인호는 잠시 말이 없다가 곧 결심한 듯 대답했다.

　"나 혼자 했다고 할게. 음반 판 것도 내가 부탁했다고 말하면 돼."

　달이가 한숨을 쉬었다. 만하는, 그럼 우리는 뭐가 되냐? 말하며 발밑의 돌멩이를 툭 찼다. 나는 공원으로 오는 동안 준비한 말을 했다.

　"음반 몇 장 훔친 게 문제가 아냐. 잘못하면 살인범으로 몰릴 수도 있다고. 음반만 고이 훔쳐서 나왔다고 하면 경찰이 믿어 줄 것 같아?"

　"살인인지 아닌지 아직 모른다며?"

　"그러니까 내 말이! 지금 이 시점에 네가 나타나서 그 집 털었다고 해 봐. 음반 훔쳐 나오다가 주인한테 들키는 바람에 네가 밀쳤다, 주인은 뒷머리를 어딘가에 부딪히고 죽었다, 이런 시나리오가 되는 거야. 단순 절도가 과실치사로 바뀌는 거라고."

인호를 말리기 위해 꾸며 낸 말만은 아니었다. 실제로 나는 그런 가능성 때문에 며칠 동안 두려움에 떨었다. 그리고 두려움은 지금도 계속되고 있었다. 우리의 존재가 드러난다면 경찰은 아마도 우리를 제일 먼저 의심할 것이다.

"야, 한음, 비약이 심하다. 빈집에 들어간 건데 밀치긴 뭘 밀치냐."

만하가 말했다. 달이도 어이없다는 듯 웃고 있었다. 이제는 진실을 밝힐 때가 온 것 같았다. 아이들이 걱정할까 봐 혼자만 알고 있던 것을 이제는 말해야 했다. 나는 심호흡을 했고, 만하와 달이와 인호의 얼굴을 차례로 바라보았다.

"그날 그 집, 빈 거 아니었어. 집주인 할아버지 있었어."

뭐? 인호는 놀라워했다. 설마! 달이는 부정했다. 정말이야? 만하는 확인차 물었다.

"그 집 나오기 직전에 봤어. 열린 문틈으로 우리 쳐다보는 거."

한동안 아무도 말이 없었다. 내 말을 믿지 못하는 걸까.

인호를 겁주기 위해 지어낸 말이라고 생각하는 걸까.

"정말이야. 걱정할까 봐 얘기 안 한 거야."

"그래서 지금 네 꼴이 이렇구나. 혼자 걱정하느라고. 어쩐 지."

달이가 말했다. 나약한 걸 들킨 것 같아 부끄러웠다. 얼굴 이 붉어지는 게 느껴졌다. 인호는 눈에 띄게 기가 꺾였다.

"그럼 왜 신고 안 했을까?"

만하였다. 누군가는 이렇게 물을 줄 알았다. 나도 가장 먼 저 품었던 의문이었으니까.

"몰라. 무슨 이유가 있었겠지. 신고할 수 없는 ……."

새소리가 요란했다. 눈앞으로는 다람쥐가 지나다녔다. 정 자 주위로 나무가 울창했다. 살을 태울 것 같은 햇빛도 이곳 까지는 감히 뚫고 들어오지 못했다. 간간이 불어오는 바람 이 땀을 식혀 주었다. 이제 막 여름방학이 시작되었고 우리 는 한창 뛰어놀아야 할(아빠 말에 의하면) 열일곱이었다. 다 른 때라면 얼마나 신나는 방학이 되었을까. 지금쯤이면 밤이 와의 농활에 대한 꿈에 젖어 행복의 바다에서 마음껏 헤엄치 고 있을 텐데. 우리는 어쩌다가 이렇게 되었을까. 우리가 뭘 그렇게 잘못했을까. 왜 인호의 하얗던 얼굴은 까맣게 타들어 가야 하고, 늘 장난 칠 궁리만 하던 만하는 심각한 표정으로 한숨을 쉬어야 하며, 언제나 위를 향해 치켜세워져 있던 달이의 이마가 아래로 숙여져야 하는 것일까. 노인만 죽지 않았다면…… 노인만…….

"그런데 뭔가 이상해. 네 말은 할아버지가 집에 있었다는 거잖아. 그럼 왜 인호 부모님이 찾아갔을 땐 없는 척했을까?"

오른손 엄지와 검지로 턱을 받친 채 달이가 물었다. 반듯한 이마는 여전히 땅으로 향해 있었다.

"그땐 없었나 보지. 그 뒤에 왔을 수도 있잖아."

"그런데 난 왜 자꾸 이상한 생각이 드는 걸까. 뭔가 수상한 냄새가 난단 말이야."

"뭐가?"

잔뜩 찌푸리고 있더니 어느새 평소의 호기심 어린 표정을 회복한 만하가 물었다. 역시 단순한 녀석이었다.

"이거 우리가 조사해 볼까?"

"뭐? 우리가? 어떻게?"

만하의 목소리가 커졌다. 하지만 곧, 방학 동안 심심하진 않겠는데? 하는 말로 어물쩍 동의해 버렸다. 달이가 인호에게 말했다.

"우리 조사 끝날 때까지만 자수 미루는 걸로 하자. 당분간만 참아 줘."

인호가 고개를 끄덕였다. 그러더니 슬그머니 내 눈치를 보았다. 인호 녀석, 아까 내가 한 말에 겁을 먹긴 한 모양이었다.

"내가 말릴 땐 꿈쩍도 않더니, 짜식."

만하가 팔로 인호의 목을 감고는 졸랐다. 달이가 나를 쳐다보았다. 빙글, 웃으며. 그리고 말했다.

"너도 이럴 생각이었지?"

"뭐, 뭘? 조사?"

"응."

"이번 주에…… 농활……가기로 했잖아."

"아, 그거? 이걸로 대체하면 돼. 분명 허락하실 거야. 농활보다 이게 훨씬 재밌을 것 같아. 미션 제목은 '어느 노인의 죽음에 관한 진실' 어때? 너무 평범한가?"

"그럼 밤이는……."

"밤이도 끼워 주면 되지. 혼자 농활 보낼 순 없잖아."

애타는 내 마음은 아랑곳없이 달이의 대답은 한결같이 시원시원했다. 나는 결국 아무 말도 하지 못했다. 내 침묵을 달이는 찬성으로 받아들인 모양이었다. 달이가 선언했다.

"그럼 결정된 거다. 내일 한 시에 여기서 다시 모이자. 그전에 새로운 기사 떴는지 각자 검색해 보고."

찬성! 손까지 번쩍 들고 만하가 말함으로써, 결기 어린 표정으로 인호가 고개를 끄덕임으로써 우리가 방학 동안 해야 할 일이 정해졌다. 그 순간 내가 할 수 있는 건 한숨 소리를 내지 않기 위해 노력하는 것뿐이었다. 그래도 헤어지기 직전, 우리가 무슨 수로 조사를 해, 하고 소심한 반항을 하는 건 잊지 않았다. 찾아보면 방법이 있을 거야, 달이가 단칼에 잘라 버리고 말았지만.

집으로 돌아온 나는 다시 이불 속으로 파고들었다. 이번엔 다른 이유에서 아무런 의욕이 생기지 않았다. 이럴 때 방법은 딱 하나다. 잠을 자는 것.

9

경찰은 고독사에 무게를 두고 있었다. 고독사? 고독해서 죽었다는 뜻인가? 기사 내용과 인터넷 검색 내용을 종합해 본 결과 고독사란 대충 이런 뜻이었다.

고독사 : 혼자 사는 사람이 집 안에서 홀로 외롭고 쓸쓸하게 죽음을 맞이하는 것. 주로 독거노인이 고독사할 가능성이 큼.

현재 고령 인구가 늘어나면서 사회 문제로 대두되고 있음.

경찰이 밝힌 직접적인 사망 원인은 어이없게도 아사였다. 사망 추정 시각은 19일 오후. 후두부의 상처는 17일에서 18일 사이에 생긴 것으로 보인다고 했다. 그러니까 '장모씨'가 17일 혹은 18일 어딘가에 뒷머리를 부딪혀 쓰러진 후 일어나지 못한 채 굶어 죽었다는 것이었다. 이러한 결론을 내릴 수밖에 없는 이유는 첫째, 흉기를 찾을 수 없고 둘째, 외부인의 침입 흔적이 없기 때문이라고 했다.

나는 경찰의 발표를 신뢰할 수 없었다. 외부인의 침입 흔적이 없다고? 그럼 우린 외부인이 아니고 내부인인가? 아니면 귀신? 부서진 문손잡이나 깨진 창만이 침입 흔적인가? 게다가 우리는 그 집에서 두 시간가량을 머물렀다. 이것저것 만지면서. 결정적으로는 수백 장의 음반이 사라졌다. 경찰은 그것조차 밝혀내지 못했다. 우리의 존재가 드러나지 않은 건 다행이지만(십년감수했다), 수사를 하긴 한 건지 의심스러운 대목이 아닐 수 없었다.

흉기 문제도 그렇다. 중요한 단서가 될 흉기를 범인이(만약 범인이 있다면) 들고 갔겠지 그게 현장에 있겠는가 말이다. 집 안 어디에서도 혈흔을 발견할 수 없다는 대목 역시 내 의심을 증폭시켰다. 어딘가에 뒷머리를 부딪혀 일어나지 못할 정도라면, 그 상처가 죽어서도 고스란히 남을 정도라면 집 안 어딘가에는 피가 묻어 있어야 했다. 그런데 그게 없다는 거 아닌가. 발견할 수 없다는 흉기보다 훨씬 더 주목을 요하는 이 대목에 경찰이 왜 의문을 품지 않는 것인지 이해할 수 없었다. 도대체 왜?

"마치 〈인간극장〉 보는 것 같지 않아?"

달이의 말을 듣는 순간 깨달았다. 그동안 가졌던 의문이 한순간에 풀렸다. 왜 노인이 의문의 죽음이라는 사건의 주인공에서 '절대 있어서는 안 되는' 고독사란 사회 문제의 주인공으로 탈바꿈한 것인지. 왜 텔레비전 뉴스도 신문도 죽음의 진실을 밝히는 것보다 노인의 인생을 조명하는 데 더 혈안이 된 것처럼 보인 것인지. 왜 요즈음 텔레비전과 신문에 노인의 고단했던 삶이 앞다투어 다뤄지고 있는 것인지. 그들은 사실 전달이라는 보도의 자세가 아닌 감동을 자아내기 위한 다큐멘터리, 〈인간극장〉을 찍고 있었다. 그리고 그 중심에 노인의 비서가 있었다.

노인의 비서라는 '김씨'는 노인의 삶을 다룬 매체마다 인터뷰 형식으로 얼굴을 비췄다. 그는 때로는 눈물을 보이고, 때로는 담담한 얼굴로 노인의 삶을 회고하기도 했다. 한 인터뷰에서 그는 이렇게 말했다.

"그분은 제게 있어 인생의 선배이자 아버지, 그리고 스승이셨습니다. 고등학교 졸업하고 몇 년 다른 일 하다 그분 밑으로 들어갔고 이후 10년 동안 모셨습니다. 말년에는 친자식처럼 정말 극진히 모셨죠. 그분도 제게 전적으로 의지하셨고요. 생활도 회사 일도요. 회사는 5년 전부터 제가 맡고 있었습니다. 그게…… 사장님은 피부병을 앓고 있었거든요. 온몸에 붉은 반점과 종기가 생겨서…… 그것들이 얼굴이며 몸이며 할 것 없이 뒤덮고 있어서 정말 끔찍한 모습이었습니다. 인간의 얼굴이 아니었으니까요. 피부병이요? 그게 5년 전에 갑자기 나타났는데…… 물론 병원에도 갔죠. 처음 1년 동안만. 소용이 없더라구요. 암만 약 먹고 연고 발라 봐야 그대론데 뭐. 통증하고 가려움이나 좀 덜할까. 그것도 약 먹고 연고 바른 그때만 잠깐. 의사도 왜 그런지 모르겠다고 하고. 그래서 나중엔 병원에 안 가고 제가 약만 사다 드렸죠. 진통제하고 연고요. 불쌍한 노인넵니다. 말년이 그렇게 쓸쓸했으니……. 사장님 생각하니까 또 눈물이 나네요."

노인의 비서는 손수건을 꺼내 눈을 문지른 뒤 다시 말을 이어 갔다.

"천벌 받은 거라고 했습니다. 사장님 말씀이요. 이런 심한 피부병이 어떻게 해서 생긴 건지 원인을 모르겠다고 의사가 말했을 때도 그냥 고개만 끄덕이시더라구요. 저 같으면 무슨 수를 써서라도 알아내라고 다그쳤을 텐데. 그런데 그게 천벌이랍니다. 인생 다 살고 말년에 발병했으니 그나마 다행이지 않냐고, 속죄할 마지막 기회를 주신 것 같다고도 했고요. 아, 왜 천벌이냐고요? 그게…… 고엽제라고 들어 보셨어요? 그거 후유증이라고 그러더라구요, 사장님이. 1969년에 월남으로 파병돼서 2년을 있었는데 그때 같이 목숨 걸고 싸웠던 전우들도 돌아온 뒤 다들 아프거나 죽거나 했다고요. 그때는 뭐 그랬다네요, 고엽제를 제초제로도 쓰고 모기약 대신으로도 쓰고. 정글이라 모기가 워낙 많았다고. 게다가 베트콩들이 풀숲에 숨어서 공격하니까 풀을 먼저 죽여야 했다고. 사장님이 늦게 발병한 거였죠. 기형아 낳을까 봐 결혼도 안 하셨다는데 뒤늦게……. 아, 왜 천벌이냐고 물어보셨죠? 자세한 건 저도 잘 모르겠고…… 월남에서 사람을 많이 죽였다고…… 죽여선 안 될 사람들까지도 죽였다고……. 전쟁 중이었으니까 어쩔 수 없지 않았겠냐고 위로는 해 드렸죠. 먼저 죽이지 않으면 내가 죽는데 당연한 거 아니냐고요. 전쟁 상황에서는 누구나 다 그렇게 한다고요. 그런데 그게 소용 있나요? 우리 사장님, 그때 기억 때문에 평생 괴로워

하셨어요. 그 죄 갚음 하느라고 기부도 많이 하셨고요. 한 번 알아보세요, 우리 사장님 돈 안 받은 고아원, 양로원 찾는 게 더 힘들걸요. 개같이 벌어서 정승같이 쓰느라 다 기부했죠. 안 먹고 안 입고 안 쓰고 모은 돈 다 갖다 바쳤다고요. 제가 회사를 맡은 뒤에도 마찬가지였죠. 쥐꼬리만 한 우리 월급 빼고는 다 사회에 환원했다 이겁니다. 기부…… 계속해야죠. 제가 할 겁니다. 사장님 뜻 이어받아서. 지금까지 그랬던 것처럼. 그게 제겐 속죄가 되겠네요. 못 찾아뵌 사흘에 대한……. 16일 먹을 거랑 필요한 거 사다 드리고 어머니 칠순 잔치 때문에 딱 사흘 시골 갔다 왔는데…… 그사이 돌아가시다니……."

나는 의자 위로 고개를 젖히고 천장을 바라보았다. 책상 위에는 지난 신문들이 쌓여 있었고, 컴퓨터 화면은 노인의 비서라는 김승우가 손수건으로 눈물을 찍어 내는 장면에서 일시 정지되어 있었다. 노인의 죽음은 여전히 미스터리였지만 하나 분명한 것은 우리가 들어갔던 17일 밤에는 노인이 살아 있었고, 내가 본 그 빛은 노인의 눈이 확실하다는 것이었다. 팩트는 이것이었다. 17일 밤에는 살아 있었다, 내가 보았을 때 노인은 일어나지 못할 정도로 다친 상태였다(그래서 우리를 경찰에 신고하지 못했다), 아무도 방문하지 않는 동안 시간은 흘렀고 이틀 뒤 결국 굶어서 죽었다. 그런데…… 그런데 말이다, 만약 그때 내가 그 빛에 의문을 품고 다가가 보았다면?

"네 잘못 아냐. 넌 사람의 눈인지도 몰랐잖아."

노인의 부검 결과가 발표된 날 달이가 말했다. 달이 말이 맞았다. 나는 몰랐다. 하지만 그렇다고 해서 잘못이 아닌 게 되는 것일까. 굶어서 죽다니, 아파서 죽는 것도 아니고 교통사고로 죽는 것도 아니고, 굶어서, 죽다니.

고개를 젖힌 채 눈을 감았다. 그날 그 집의, 미묘한 기운이 감돌던 거실이 떠올랐다. 얼른 눈을 떴다. 다른 게 더 떠오르기 전에.

이제 어떻게 해야 할까. 무슨 수로 죽음의 진실을 밝힐까. 김승우의 인터뷰를 보며 나는 확신했다. 그가 흉기를 휘둘러 노인을 죽게 만든 범인이었다. 아직 증거는 없지만 그가 분명했다. 노인이 죽으면 가장 득을 볼 사람, 인호네 빌라를 날림으로 지은 사람, 노인이 죽어 가던 그 사흘 동안 서울을 비운 사람. 하필 그 사흘이라니, 너무 공교롭지 않은가. 그리고 인터뷰할 때 순간적으로 바뀌곤 하던 극과 극의 표정들, 말투, 왠지 비굴해 보이던 자세. 그의 눈물조차도 시청자의 관심과 동정을 끌어내기 위한 연극처럼 보였다. 선택하는 단어들은 또 얼마나 비장하고 무거운가. 천벌, 속죄, 전우, 환원. 연극을 더욱 극적인 것으로 만들기 위해 맞지 않는 퍼즐을 억지로 끼워 넣은 듯한 단어들.

어떻게 밝혀낼까. 이제 뭘 어떻게 해야 하지?

"이한음!"

엄마의 목소리였다. 나는 모니터에 새 창을 띄우고 책상 위의 신문들을 치웠다. 엄마가 들어왔다.

"다 챙겼어?"

엄마가 물었다. 엄마는 청바지에 티셔츠를 입고 있었다. 거기다 얼굴을 다 덮고도 남을 만한 커다란 모자까지.

"뭘?"

"오늘 휴가 간다고 했잖아. 안 챙겼어?"

"아, 그거…….."

"아 그거라니. 까먹었어? 얘가 정말…… 십 대 비주얼에 칠십 대 노인처럼 이럴 거야?"

일방적으로 정한 게 누군데. 엊그제 저녁이었다. 퇴근해서 돌아온 엄마는 이틀 뒤에 일주일 일정으로 휴가를 떠날 거라고 '통보'했다. 첫날 밤은 할아버지 댁에서 자고 나머지 날들은 동해안 일주를 할 계획이라고 했다. 가족과 함께하는 자동차 여행, 구미가 당기지 않은 것은 아니었다. 다 팽개치고 엄마 아빠 따라 여행이나 가 버릴까. 다 잊고 바닷가에서 실컷 놀다 와 버릴까. 달이가 알면 욕먹을 일이지만 그런 생각을 하지 않은 것도 아니었다.

"난 못 가, 엄마. 아빠랑 갔다 와."

"왜? 얘가 갑자기 왜 이래? 도대체 왜?"

"방학 숙제 해야 돼. 할 일도 많고."

"너 없이 무슨 재미로 가? 한희도 혼자 해외여행 가 버리고. 엄마 정말 섭섭하다."

"미안해, 엄마. 근데 이번엔 진짜 안 돼. 내년에 꼭 같이 가자."

"일주일도 안 돼? 그럼 3일만. 너 엄마랑 등 돌리고 싶어?"

"정말 안 돼, 엄마. 중요한 일이야. 아빠를 걸고 맹세할게."

"그깟 아빠. 대체 무슨 일인데?"

"나중에, 다 해결되면 그때 얘기해 줄게. 미안해, 엄마."

그래도 엄마는 물러서지 않았다. 꼬치꼬치 캐묻고 달래고 협박했다. 나는 중요한 일이라는 말로 일관할 수밖에 없었다. 결국 엄마는 아빠와의 약속시간에 쫓겨 집을 나섰다. 아빠 연구실 근처에서 만나기로 했다나 뭐라나. 하루쯤 집에 들어와서 같이 짐 싸고 여행 준비하면 될 걸 아빠는 이런 날까지도 꼭 엄마를 고생시켰다. 그러니 그깟 아빠라는 말이

나오지. 그깟 연구가 뭐라고. 난…… 이깟 조사가 뭐라고. 이제 와서, 이게 다 무슨 소용이 있다고.

주위가 지나치게 조용했다. 엄마가 한바탕 휘저어 놓고 간 뒤라 더 그런 느낌이 들었다. 나는 혼자다. 앞으로 일주일 동안 혼자 지내야 한다. 무섭지는 않았지만 왠지 쓸쓸했다. 다들 어딘가로 떠나는 휴가철, 홀로 남아 집을 지켜야 하다니. 내 의지로 남았으면서 마치 버려진 것 같은 이 느낌은 뭔가. 괜히 서러웠다. 그런데 무엇으로 일주일을 버티나. 내가 혼자 남을 걸 몰랐으니 비상식량은 고사하고 가득 차 있던 냉장고마저 홀랑 비웠을 텐데. 이래저래 되는 게 하나도 없는 우울한 여름방학이었다.

거실로 나가 소파에 드러누웠다. 졸음이 밀려와서 눈을 끔벅거렸다. 그러다 어느 순간 잠이 든 모양이었다. 전화벨 소리에 눈을 떴을 땐 어느새 어둠이 집 안 깊숙이 스며들어 있었다. 어둠 속에 누워 있자니 아주 많이 허기졌고 조금 외로웠다. 이유 없이 슬퍼졌다. 고독사란 단어가 저절로 떠올랐다. 홀로 산다는 건 이런 느낌이구나. 홀로 죽는다는 건…… 이런 느낌의 천 배? 만 배?

"야, 빨리 전화 안 받고 뭐 해?"

이 목소리는…… 달이였다. 화가 잔뜩 난 달이. 엄마인 줄 알고 애 좀 타 보라고 일부러 늦게 받은 건데.

"어, 너구나. 미안. 자고 있었어."

"신생아도 아니고 초저녁에 웬 잠?"

"배도 고프고, 쓸쓸하기도 하고. 가족들 다 휴가 갔거든."

달이의 한숨 소리가 들렸다.

"그럼 아직 저녁도 못 먹었어?"

"어, 그게, 어쩌다 보니 그렇게 됐네."

"도시락 싸 갈게."

"뭐?"

"도시락 싸 간다고. 할 말도 있고."

"야, 나 혼자 있어!"

"그게 뭐?"

달이의 태평한 대답을 들으니 괜히 뜨끔했다.

"밤도 늦었고…… 니네 부모님이 허락 안 하실 거야."

"내가 어린애니, 일일이 허락받고 다니게. 기다려. 가서 얘기하자."

내가 대답하기도 전에 달이가 먼저 전화를 끊었다. 머릿속이 하얘졌다가 곧 정신을 차렸다. 일단 거실부터 청소기를 돌렸다. 어질러진 물건들도 정리했다. 시간이 얼마나 남았을까. 도시락 싸는 데 10분, 걸어오는 데 10분, 그럼 20분? 내

방으로 갔다. 역시 청소기를 돌리고 침대 위며 책상 위를 정리했다. 여기저기 벗어 둔 옷들은 옷장 안으로 밀어 넣었다. 설마 밤이와 함께 오는 건 아니겠지? 안방으로 갔다. 난장판이었다. 엄마 옷과 아빠 옷 들이 방바닥과 침대 위에 널브러져 있었다. 공간은 한정돼 있고 가져가고 싶은 옷들은 많고, 고민의 흔적이 고스란히 드러나 있었다. 엄마의 한숨 소리가 들리는 듯했다. 옷들을 옷장 안으로 던져 넣었다. 아, 세수! 뒤늦게 하루 종일 세수를 하지 않은 게 생각났다. 욕실로 들어갔다. 얼굴을 씻다 내친김에 머리까지 감았다. 막 욕실에서 나왔을 때 초인종 소리가 들렸다. 드디어 왔구나. 어쩌면 밤이도…….

"이 밤중에 머리 감았냐?"

만하였다. 만하가 내 어깨를 툭 치고는 거실로 올라섰다. 뒤따라 인호도 들어왔다. 현관문 밖으로 고개를 빼고는 복도를 살폈다. 아무도 없었다. 달이가 온 것은 그로부터 20분이나 더 지나서였다. 나는 아사 직전에야 달이가 싸 온 도시락을 먹었다. 나보다 만하 녀석이 더 많이 먹긴 했지만.

10

내리쬐는 햇볕 아래서 축구를 시작했다. 아니, 축구라기보다는 공놀이를. 오전 열 시였고, 아파트 주차장이었다. 차들이 빠진 주차장은 꽤 넓었다. 만하와 나는 멀찍이 떨어져서서 축구공을 주고받았다. 그렇게 10분쯤 지났을까, 마침내 남자가 나왔다. 나는 조심스럽게 남자의 동선을 살폈다. 남자가 점점 우리 쪽으로 다가오고 있었다. 조금만, 조금만 더. 나는 숨을 골랐다. 그동안 갈고 닦은 축구 실력을 유감없이 발휘할 때였다. 남자를 골대라고 생각하자. 너무 약해도, 너무 세게 차서도 안 된다. 주의는 끌어야겠지만 화를 나게 하면 일을 망친다.

호흡을 가다듬었다. 마침내 남자가 사정권 안으로 들어섰을 때 축구공을 찼다. 발목으로 툭. 축구공은 정확히 남자를 향해 날아갔고, 왼쪽 어깨를 맞혔다. 만하는 벌써 남자 쪽으로 달려가고 있었다.

"아저씨 다치셨어요? 정말 죄송해요. 아, 어떡하지. 야! 넌 공을 이쪽으로 차면 어떡하냐! 공도 하나 제대로 못 주냐? 다치신 거 아니죠? 죄송해요."

만하가 정신없이 떠들었다. 정작 공을 찬 나와 맞은 남자는 말할 기회조차 없도록. 그래도 고개 숙여 사과하고 어깨를 털어 주고 나를 나무라는 만하 덕분에 굳었던 남자의 표정이 풀어졌다. 만하를 데려오기 잘했다. 능청스러운 연기는 역시 만하가 제격이었다.

"뭐 다쳤다기보다 다칠 뻔했지."

남자가 겨우 한마디 했다. 나도 얼른 죄송하다고 사과했다. 발이 헛나갔다는 변명과 함께.

"그런데 아저씨…… 배우예요? 티브이에서 본 것 같은데……. 아! 맞다! 효도남, 기부남! 맞죠? 내가 공부는 못해도 이런 기억력 하나는 끝내준다니까."

"내가 효도남, 기부남으로 불리니?"

남자가 웃으며 물었다. 만하가 기특해 죽겠다는 듯. 우리는 합창하듯 대답했다.

"네!"

"그것도 모르셨어요? 인터넷에 쳐 보세요. 아저씨 엄청 인기 많아요. 아마 곧 팬클럽도 생길걸요?"

팬클럽 얘기는 과장이지만 인기가 많다는 건 사실이었다. 어느덧 김승우는 이 시대의 효도 아이콘, 기부 아이콘이 되어 있었다. 김승우를 본받자는 운동도 일어나고 있었다. 이 시대에 가장 절실하지만 부족한 게 바로 효도와 기부라는 것이었다. 효와 기부 문화가 살아난다면 존속살인 같은 패륜, 가정 파탄, 청소년 범죄와 노인 문제 등 각종 사회 문제가 저절로 해결되리라는 것이었다. 뭐 틀린 말은 아니라 해도 본받자는 대상이 하필 김승우라니.

"아저씨, 부탁이 있어요. 우리 연화구의 위인을 한 명 선정해서 인터뷰해 오라는 방학 숙제가 있는데요, 아저씨가 해 주세요."

뜸 들이지 않고 만하가 곧장 본론으로 들어갔다.

"위인? 나를?"

남자가 되물었다.

"네. 아저씨가 아니면 누가 위인이겠어요? 아저씨 유명인이잖아요. 우리 모두가 본받아야 할."

"그래서 나를 인터뷰하겠다고?"

"별거 아니에요. 아저씨 어린 시절이랑 그 할아버지와 관련된 사연, 그리고 앞으로의 계획들에 대해 말씀해 주시면 돼요. 시간도 많이 안 뺏을게요."

덥석 미끼를 물 거라는 예상과는 달리 남자는 고민에 빠진 표정이었다. 전 국민이 다 보는 티브이도 아니고 우리가 피디도 아니어서 그런 걸까. 고등학생들의 방학 숙제에 얼씨구나 응해 줄 줄 알았던 우리가 순진했던 건지도 몰랐다. 바빠서 말이야, 남자가 대답하는 순간 내가 얼른 끼어들었다. 승부수를 던져야 했다. 내보인 패가 약하다면 다른 걸 꺼내는 수밖에.

"점수 매겨서 일등 한 사람 걸 우리 구 홍보 책자로 만든대요. 구청, 시청 이런 데 전시한다고 하는 것 같던데. 신문사에도 보내고. 야, 내 말 맞지?"

"어, 어. 선생님이 그러셨어. 우리 연화구 알린다고."

눈치 빠르게도 만하가 맞장구쳤다. 우리는 남자가 고민을 끝낼 때까지 얌전히 기다렸다. 착한 고등학생의 얼굴을 하고서. 마침내 남자가 대답했다.

"그래, 알았다. 언제가 좋겠니?"

걸려들었구나! 우리는 한바탕 환호성을 지른 뒤 언제든 괜찮다고, 빠를수록 좋다고, 친구들 더 데려가도 되냐고 중구난방으로 떠들고 물었다. 남자는 빙그레 웃으며 고개를 끄덕였다. 다음 날 오후로 약속시간을 정했다. 장소는 남자의 집. 안 된다는 걸 만하가 우겨서 결국 허락을 받아 냈다. '위인이 사는 집은 어떻게 다른지 보고 싶어요!' 마지막으로 전화번호를 교환한 뒤 헤어졌다. 남자는 회사로, 만하와 나는 아지트로 쓰고 있는 우리 집으로.

"승낙했다고? 그럴 줄 알았어."

의기양양한 표정으로 달이가 말했다. 인터뷰는 달이의 아이디어였다.

"너희 쪽은 어때?"

내가 물었다. 모처럼 인호의 얼굴이 밝은 걸 보니 뭔가 알아낸 모양이었다. 만하와 내가 김승우를 상대하는 동안 달이와 인호는 김승우의 어머니와 접촉하기로 했다. 그 사흘 동안 김승우가 정말 서울을 떠나 있었던 게 맞는지, 칠순 잔치가 실제로 있었는지를 알아보기 위해서였다.

"시골에 가 있었던 건 맞는 것 같아. 칠순 잔치도 있었고."

달이가 말했다. 옛 제자인 방송사 피디를 통해 김승우 어머니의 전화번호를 알아낸 뒤 우리에게 건네준 사람은 달이의 아버지였다. 다섯 명이 한 팀이 되어 혐의든 무혐의든 끝까지 조사해서 입증할 것, 그리고 보고서로 만들어 제출할 것, 단, 개별 행동이나 위험한 행동은 하지 않을 것,을 조건으로.

"아직 말할 거 더 남았지?"

내가 넘겨짚었다. 인호와 달이의 표정이, 진짜 선물은 아직 풀지 않았다,고 말하고 있었다. 잘 익은 오디알 같은 네 개의 눈동자가 반짝반짝 빛을 내고 있었던 것이다.

"눈치 빠르긴. 김승우는 17일부터 19일까지 사흘 동안 고

향에 있었다고 했잖아. 그런데 어머니 말이, 아들이 도착한
건 17일 밤이래. 서울에서 고향집까지는 버스로 세 시간쯤
걸리고."

"그러니까 낮 시간이 빈다 이거지? 만약 그 시간에 대한 알
리바이가 없다면……."

"하나 더 있어. 칠순 잔치도 날짜를 한 달이나 당겼대. 바
빠질 것 같다고. 뭔가 냄새가 나지?"

"핑곗거리를 만들었구나……."

"그런 것 같아. 확실한 알리바이를 위해."

양팔에 소름이 돋았다. 에어컨 바람 때문만은 아니었다.
잠시 침묵이 흘렀다. 만하도 인호도 뭔가를 골똘히 생각하는
표정들이었다. 달이만 콧노래를 흥얼거리며 탁자 위의 광고
책자를 뒤적였다.

"그런데 이상하단 말이지. 고등학생인 우리도 알아낸 걸
경찰은 왜 몰랐을까?"

만하가 의문을 제기했다. 사실은 나도 그 점이 가장 이상
했다. 기사 어디에도 17일 낮 시간에 대한 알리바이나 칠순
잔치가 당겨졌다는 대목은 없었다. 부검 결과가 아사로 판
명나면서 서둘러 수사가 종결되어 버렸다. 그것은 김승우
가 티브이에 출연하기 시작한 시기와도 일치했다. 혹시 말이

야……, 머릿속에 떠오르는 대로 내가 말했다.

"제대로 수사를 안 한 건 아닐까. 선입견 때문에. 혼자 사는 데다 병든 노인이라는 점을 지나치게 인식한 나머지 논리적인 사고를 할 수 없었던 거라면…… 처음부터 타살 가능성을 고려하지 않은 거라면……."

"그럴 수도 있지. 경찰은 신이 아니거든. 수사 드라마에 익숙해진 사람들은 경찰이 모든 걸 다 밝혀낼 거라고 착각하지만. 예전에 우리 집 몽땅 털린 적이 있는데 그런 도둑조차도 못 잡아내더라. 됐고, 일단 밥 먹고 생각하자. 배고프다."

광고 책자를 내려놓으며 달이가 말했다. 그제야 만하와 인호도 배고프다고 아우성을 쳤다. 오후 네 시였다. 배고프지 않으면 그게 이상할 시간이긴 했다. 짜장면, 피자, 왕만두, 각종 음식들이 탁자 위로 불려 나왔다. 달이가 나를 쳐다보았다. 만하와 인호도 처량한 얼굴로 나를 보았다. 우린 돈 없는데, 여섯 개의 눈동자가 그렇게 말하고 있었다. 그래 없겠지, 군것질하고 게임하는 것만으로도 부족할 테니까.

"내가 쏜다. 먹고 싶은 거 다 시켜."

아이들의 사기를 북돋기 위해서라도 그렇게 말하지 않을 수 없었다. 모터사이클이 한 발짝 내게서 멀어지고 있었다.

그날 밤이었다. 만하와 달이는 집으로 돌아가고 인호는 남았다. 말하지 않아도 인호의 마음이 전해졌다. 우리는 밤이 깊도록 게임을 하고 텔레비전을 보며 빈둥거렸다. 개학이 채 보름도 남지 않았는데 방학 숙제는 손도 대지 못했다. 인호도 마찬가지라고 했다.

"이것만 해결되면 한꺼번에 하지 뭐."

인호가 말했다. 우리는 소파 하나씩을 차지하고 누워 있었다. 집 안의 불을 다 껐지만 사물이 분간 안 될 정도는 아니었다. 인호가 소파 등받이 쪽으로 돌아눕는 게 보였다.

"자리 불편해? 방으로 들어갈까?"

"난 가끔 이런 생각이 든다. 우리 아버지나 엄마가 그 집 초인종만 누를 게 아니라 좀 더 적극적으로 행동했으면 어땠을까 하는."

"피켓 들고 시위라도 했어야 한다는 뜻이야?"

"전화해서 직접 얘기를 했다면…… 전화번호 알아내는 거 그렇게 어렵지도 않았을 텐데. 아니면 회사로 찾아가서 따져도 됐을 테고. 회사도 있다며? 그 할아버지는 얼마나 답답하고 두려웠을까. 밖으로 나오지도 못하는데, 사람들 앞에 나서지도 못하는데 낯선 사람들이 매일 찾아와서 초인종을 눌러 대면. 집 안에 숨어 산다는 건 어떤 기분일까. 그것도 5년

씩이나. 커튼조차 못 열고. 사람들이 괴물 할아버지라고 부르더라. 인터넷에 할아버지 사진 돌고 있잖아. 그거 보고. 처음엔 나도 좀 놀랐지만…… 그래도 그렇지 사람한테 괴물이라니……."

사람들이 괴물 할아버지라고 부른다는 건 나도 알고 있었다. 할아버지 사진도 보았다. 그리고 인호처럼 나도 깜짝 놀랐다. 붉은 반점과 종기로 뒤덮인 얼굴, 눈 코 입만 간신히 알아볼 수 있을 뿐 온통 붉고 울퉁불퉁한 얼굴이었다. 책상 앞에 앉은 생전의 모습이었다. 사람들은 합성이 아니냐고 했지만 그건 진짜 할아버지 사진이었다. 텔레비전에도 몇 번 나온 적이 있었다. 김승우가 건네줬겠지. 얼마나 끔찍한지 보라고.

"사람한테 어떻게……."

인호가 중얼거렸다. 그리고 한숨 소리.

"잘 모르니까 그러는 거야. 자기 일 아니니까."

"그래도 그렇지…… 그 할아버지…… 얼마나 외로웠을까……."

인호의 목소리가 잦아들었다. 나도 더는 대꾸하지 않았다. 차라리 잠드는 게 인호에겐 더 나을 것이다. 나는 조용히 일어나 내 방으로 왔다. 침대 위에 누웠지만 잠은 오지 않았다. 온갖 상념들만 머릿속을 떠돌았다.

내일 김승우를 만난다. 무슨 일이 있더라도 실마리를 찾아야 한다. 한 번 더 시간을 내 달라고 하기는 힘들 것이다. 안 된다고 할 게 뻔하니까. 우리가 할 수 있을까. 우리가 잘해 낼 수 있을까.

11

만하   사람들은 아저씨를 두고 효도남, 기부남이라고 부르는데 그런 말을 들을 때마다 기분이 어떠세요?

승우   쑥스럽지 뭐. 할 도리를 했을 뿐인데. 다들 그렇게 살지 않나?

만하   효도하고 기부하면서요?

승우   응.

만하   아저씨, 외계에서 왔죠? 전 늘 아침에도 엄마한테 청소기 자루로 맞았다구요. 후레자식이라고.

달이   그러니까 엄마 말 좀 잘 들어. 아저씨 다시 질문드릴게요. 효도남, 기부남이라는 찬사는 과분하다는 거죠? 겸손하시네요.

승우   돌봐 드릴 사람이 없었으니까 나라도 해야 했지. 그 모습을 누구한테도 보이기 싫어하셨거든.

달이   아무리 그래도 5년씩이나 집 안에서만 산다는 건 좀 너무하지 않나요? 답답하고 사람들도 보고 싶고 외롭기도 했을 것 같은데요.

승우   혹시 사진 봤니?

달이   네.

승우   사람들이 뭐라고 하는지도 알고?

달이   네. 괴물이라고…….

승우   네 생각은 어떠니?

달이   글쎄요. 그 정도는 아닌 것 같던데…….

승우   그래도 보편적인 반응이 괴물이지? 사람들이 괴물이라고 부르는데 너 같으면 집 밖으로 나가고 싶을까?

달이   사람들도 익숙해질 시간이 필요하다고 생각해요. 처음이라 놀라서 그런 거지 계속 보다 보면 아, 피부병이구나, 가볍게 넘어갈 수 있다고 생각해요.

승우   글쎄다. 그런데 난 이런 생각도 들어. 사람들의 반응이 두려워서 집 안에 숨어 산 것만은 아닐 거라는. 사장님은 천벌이라는 말을 입에 달고 살았거든. 천벌이 뭐니? 지은 죄에 대해 마땅히 받아야 할 벌이잖

아. 사장님은 스스로에게 벌을 내리기 위해 집 안에 갇히는 걸 선택한 게 아닌가 싶어. 속죄하기 위해서 말이야.

만하 고엽제가 그렇게 무서운 건가요?

승우 그렇다고 들었다. 지금은 사용이 금지됐지.

만하 그런데 무슨 잘못을 했대요?

승우 베트남전쟁 때…… 잠깐, 이거 질문이 주제에서 너무 벗어나는 거 아닌가?

달이 아, 죄송해요. 궁금해서 그만. 다시 질문드릴게요. 간병인도 없이 혼자 돌보셨으면 엄청 힘드셨을 텐데, 아저씨는 할아버지를 위해 주로 어떤 일을 하셨는지 그리고 특히 더 힘든 점은 무엇이었는지 말씀해 주세요.

화장실에 가는 척하며 자리에서 일어났다. 질문은 만하와 달이가 전담했으므로 나는 비교적 자유로운 편이었다. 화장실 문 앞에 서서 집 안을 둘러보았다. 벽마다 꽤 비싸 보이는 그림이 걸려 있었고 거실에는 오디오와 텔레비전, 술이 진열된 장식장이 있었다. 아파트에서는 보기 드문 복층 구조였다. 나는 조심스럽게 이층으로 올라갔다. 벽 하나 없이 탁트인 이층은 운동장만큼 넓어 보였다. 서재인 듯한 공간에는 책상과 의자, 소파, 엄청난 양의 책과 음반이 있고, 그 옆에는 영화를 보기 위한 것인 듯 스크린이 설치돼 있었다. 더 안쪽으로 들어가니 술을 마실 수 있는 바와 조그마한 주방, 그리고 잔이 진열된 장식장이 있었다.

이층을 둘러보는 내내 입이 다물어지지 않았다. 일층만으로도 혼자 살기에는 너무 큰데, 아니 낭비다 싶을 정도로 지나치게 큰데, 이층은 더 화려하기까지 했다. '쥐꼬리만 한 월급' 빼고는 다 사회에 환원했다면서, 과연 그 '쥐꼬리만 한 월급'으로 이렇게 살 수 있는 것일까. 아니, '쥐꼬리'를 떼더라도 비서의 월급으로 이렇게 살 수 있는 것일까.

그런데 가만, 집의 구조와 물건들의 배치가 어쩐지 낯설지 않았다. 일층 소파와 오디오가 놓인 위치, 이층의 책과 음반들, 두어 개 기둥만 있을 뿐 벽 하나 없이 트인 공간……. 장문규 할아버지의 집과 닮아 있었다. 좀 더 크고 좀 더 화려하고 스크린과 바가 추가되긴 했지만 기본적인 구조는 그 할아버지의 집과 거의 일치했다.

아래층에서 나를 부르는 소리가 들렸다. 내려다보니 김승우가 소파에서 일어선 채 이층을 올려다보고 있었다.

"거기 들어가도 된다는 말은 안 했을 텐데?"

"아, 죄송해요. 너무 신기해서요. 이런 아파트는 처음 봐요. 티브이에 나오는 회장님들 집보다 더 멋져요!"

　나는 너스레를 떨며 서둘러 일층으로 내려갔다.

달이　　목욕까지 시켜 드리고 정말 대단하세요. 혹시 부모님이 서운해하시진 않으세요? 솔직히 그 할아버지야 피 한 방울 안 섞인 남이잖아요. 물론 부모님께도 잘하시겠죠?

승우　　어머니만 계시는데 떨어져 있다 보니 아무래도 아주 잘하진 못하지. 그래도 노력은 해.

달이　　역시 겸손하시네요. 티브이에서 보니까 얼마 전에 어머니 칠순 잔치를 하셨다고요. 선물은 뭘 드렸어요?

승우　　사실은 못 드렸어. 회사일도 바쁘고 선물 살 시간이 있어야지.

달이　　얼굴 보여 드리는 게 선물이죠 뭐. 그럼 16일에 가신 건가요?

승우　　어, 어. 심야버스로.

달이　　어? 이상하다, 어머니는 17일 밤에 도착했다고 하셨는데.

만하　　아냐. 티브이에서 아저씨가 사흘 동안 서울을 떠나 있었다고 했어. 17, 18, 19일. 아저씨 맞죠?

승우	응. 맞다. 여기 어디 버스표가 있을 텐데……. 아, 지갑에 있었구나. 이거 봐. 16일 23시 30분 맞잖아?
달이	그렇네요. 어머니가 착각하셨나 보다. 그런데 아저씨 엄청 꼼꼼하시네요. 한참 지난 버스표까지 다 가지고 계시고.
승우	그게…… 지갑 정리를 못 했더니…….
만하	다음 질문 갑니다. 결혼은 언제 하실 계획인가요?
승우	올가을에 할 생각이다.
만하	우아! 정말요? 애인은 있으세요?
승우	응.
만하	몇 년 사귀셨어요?
승우	1년 조금 안 됐다.
만하	아쉽네요. 아저씨 지금 인기 짱인데. 수많은 여성분들이 슬퍼하겠어요. 그럼 결혼하면 여기서 사실 건가요?
승우	뭐, 그래야겠지.
만하	집이 정말 멋진데요, 이런 집 살려면 얼마나 있어야 할까요?
승우	글쎄…….
만하	10억? 20억? 그런데 아저씨 비서라고 했잖아요. 비

서 월급으로 이런 집 살 수 있나요? 딱 봐도 엄청 비쌀 거 같은데.

승우   이제 그만하자. 회사에 나가 봐야겠다.

만하   혹시 질문이 마음에 안 드셨으면 죄송해요. 저도 나중에 비서나 해 볼까 하고 여쭤 본 거예요. 이제 마지막 질문 드릴게요. 장문규 할아버지 회사, 지금 아저씨가 맡고 계시죠? 그럼 이제 아저씨가 사장이에요?

승우   그렇다기보다 사장 역할을 하는 거지. 대행이랄까. 지금까지도 그래 왔고.

만하   그럼 아저씨 거 되는 거예요, 회사?

승우   지금 무슨 소리를 하는 거야?

만하   그렇잖아요. 아저씨가 사장이라면서요?

승우   사장 역할을 한다고 했다. 그리고 솔직히 이 회사, 내가 다 키운 거야. 내가 땀 흘려서 이만큼 키운 거고.

만하   그래서 회사 이름까지 바꾼 거예요? 꿀꺽하시려고?

승우   이 애들이 정말!

달이   한음이가 이층 책상 위에 있던 명함 가져왔어요. 여기. '주택연구소'가 '유얼파트너'로 바뀌었네요. 대표도 아저씨 이름으로 바뀌었고요.

승우   그게 뭐 어쨌다고! 나가! 내 집에서 다 나가라!

만하 흥분하지 마시고요. 부러워서 그런 건데요 뭘. 저도
      어른 되면 아저씨처럼 비서 될래요. 그래서 부자로
      살래요.

승우 너희들 대체 뭐야? 누가 보냈어? 아, 됐고, 얼른 여기
      서 나가!

만하 정말 기부한 거 맞아요? 혹시 공금 횡령 같은 거 안
      했어요?

승우 이 인터뷰는 무효다. 방학 숙제든 뭐든 내기만 해
      봐, 고소할 거다. 혹시 녹음하는 거 아니지?

만하 아저씨도 드라마 많이 보셨나 봐요. 우리가 진짜 기자
      도 아니고. 우리 고등학생이에요, 방학 숙제 하러 온.

달이 그런데 장문규 할아버지 좀 불쌍하다, 그치? 5년씩
      이나 숨어 살기만 하다가 돌아가셨잖아. 그것도 굶
      어서.

승우 자업자득이야. 사람을 죽였으니 마땅히 죗값을 치러
      야지.

만하 그땐 전쟁 중이었다면서요? 그래서 괜찮다면서요?

승우 전쟁이 면죄부를 주진 않아. 적군이 아닌 민간인을
      죽이는 건 범죄행위야.

달이 할아버지가 민간인을 죽였어요?

승우　　일가족을 죽였다. 아무 잘못도 없다는 걸 뻔히 알면서.

만하　　그래서 아저씨도 할아버지 죽였어요?

승우　　너희들 미쳤구나. 얼른 나가지 못해! 다 나가!

만하　　농담으로 해 본 말인데…….

승우　　얼른 나가!

　우리는 결국 쫓겨났다. 엘리베이터를 타고 내려오는 동안 아무도 말을 하지 않았다. 아파트를 벗어나 한 정거장을 걸은 뒤 버스를 탔다. 뒷자리에 나란히 앉았을 때 만하가 키득거리며 웃었다.

　"녹음한 거 들어 보자."

　달이가 말했다. 인호가 주머니에서 핸드폰을 꺼냈다. 김승우를 인터뷰하는 내내 한마디도 하지 않고 있는 듯 없는 듯 조용히 앉아 있기만 했던 인호는 사실 녹음 담당이었다. 주의를 끌지 않기 위해서였는데, 아니나 다를까 김승우는 인호 쪽으로는 눈길 한번 주지 않았다.

　"방학 숙제 하러 온 고등학생이라니까 금방 방심하는 거 봤지? 고등학생 무서운 걸 모르나 봐."

　만하가 계속 키득거렸다. 녹음은 성공적이었다. 잡음 하나 없이 김승우의 목소리가 선명하게 들렸다. 김승우는 우리

112

를 과소평가했다. 아니, 기계를 과소평가했다는 말이 맞겠다. 요즘 핸드폰 성능이 얼마나 좋은가 말이다.

"이 아저씨, 너무 쉽게 흥분하네. 이런 멘탈로 할아버지는 어떻게 죽였지?"

달이가 중얼거렸다.

"이 사람이 할아버지 죽인 거 확실한 것 같지?"

김승우의 명함을 만지작거리며 내가 물었다.

"응. 아직 증거는 없지만."

"내일은 김승우 어머니한테 가 보자. 동네 사람들도 만나 보고. 17일 밤에 도착했다는 증언을 확보해야 해. 그럼 게임 끝이야."

"혹시 고속버스 안에는 감시 카메라가 설치 안 돼 있나?"

"모르지. 있다 해도 우리한테 보여 주지는 않을 거야."

"경찰은 도대체 뭐하니, 이런 거 조사 안 하고. 경찰이 할 일 우리가 다 하고 있네. 이렇게 무능해서야 어디 선량한 시민이 발 뻗고 자겠나."

달이가 투덜거리자 만하가 즉각 반박했다.

"그래도 그 덕분에 우리 안 들켰잖아."

"하긴, 그렇네. 그럼 다행이라고 해야 하는 건가."

달이가 말하며 한숨을 쉬었다. 경찰의 태만을 보면서도 다행이라고 해야 하는 우리 처지라니. 한숨밖에 안 나오게도 생겼다. 가만, 아니지. 그날 밤 우리가 그 할아버지 집에 들어가지 않았다면 경찰의 수사에 의문을 품을 일도 없었을 테고, 범인을 잡겠다고 뛰어다닐 일도 없었을 테니 그렇다면? 오히려 경찰 측에서 우리가 할아버지 집에 들어간 걸 다행이라고 해야 옳겠다. 그렇게 되도록 만들 것이다, 꼭.

버스가 연화동으로 접어들었다. 달이는 밤이를 만난다며 도서관 근처에서 내리고 우리는 두 정거장 더 가서 내렸다. 피시방에 가자는 만하의 청을 뿌리치고 집으로 향했다. 이제 이틀 뒤면 엄마가 돌아온다. 그 전에 청소부터 해야 했다. 쓰레기 매립장 같은 거실을 보고 엄마가 기절하기 전에.

12

아침부터 부지런히 움직였지만 집에 도착한 것은 밤 열 시가 넘어서였다. 아이들과는 다음 날 만나기로 하고 버스에서 내리자마자 바로 헤어진 터였다. 다들 장거리 여행에 지칠 대로 지친 표정들이었다. 서울에서 동해로, 동해에서 다시 서울로, 어휴.

가방을 내려놓고 욕실로 들어가 오랫동안 씻었다. 하루 동안 들었던 무수한 말들이 물에 씻겨 나가며 머릿속이 다시 세팅되는 것 같았다. 몸도 마음도 훨씬 가벼워졌다. 새 옷으로 갈아입고 책상 앞에 앉았다. 엠피스리 플레이어 두 개를 꺼냈다. 그 속에 오늘 하루 우리의 노고가 고스란히 담겨 있었다. 달이와 내가 한 조가 되어 김승우의 어머니를 만나는 동안 만하와 인호는 동네 사람들을 찾아다녔다. 성과가 있는지 없는지는 아직 판단할 수 없었다. 만하와 인호가 녹음한 내용은 들어보지 못했다. 김승우의 어머니를 직접 만나 얘기를 들었으면서도 우리 조 역시도 판단이 애매했다. 그 어머니와 헤어진 뒤의 달이 표정이 복잡미묘했던 건 아마 그래서일 것이다.

엠피스리를 재생시켰다. 느리고 낮은, 늙고 기운 없는 목소리가 흘러 나왔다. 김승우의 어머니였다.

"우리 승우 취재하러 왔다고? 승우는 서울 가고 없는데? 아, 나를 만나러 왔어? 그런데 나를 왜? 승우 얘기? 내가 뭐 아는 게 있나, 고등학교 졸업하고 고향 떠난걸. 성공했지. 여기 사람들 죄 그래. 개천에서 용 났다고. 서울 큰 회사 사장을 아무나 할 수 있나. 배운 거 없고 가진 거 없는 녀석이 돈 버는 재주 하나는 있었던가 봐. 서울 간 지 몇 년도 안 돼서 큰 회사 사장이 된 걸 보면. 얼마 전에는 동네 사람들 죄다

식당으로 불러서 크게 잔치를 벌였지. 못난 어미 생일이 뭐라고. 다들 입이 떡 벌어져서는 승우 칭찬을 하는데…… 보람? 그보다는 미안했지. 해 준 것도 없는데…… 어릴 때부터 고생만 너무 시켜서……. 땅이 있기를 하나 배가 있기를 하나, 지하고 나하고 남의 집으로 날품팔이 많이 다녔지. 초등학교 때부터. 그때 지 아버지가 죽었거든. 배 타다가 사고로. 대학도 못 보냈지. 고등학교 졸업하자마자 서울로 갔어. 돈 벌겠다고."

이후로도 어머니가 전하는 김승우의 고생담이 한참 이어졌다. 나는 빨리감기를 한 뒤 재생 버튼을 눌렀다.

"최근 몇 년 동안엔 거의 집에 못 왔지. 회사일이 바쁘다더라고. 거기다 무슨 동물까지 키우느라 시간이 없다고 했어. 종류? 글쎄, 커다란 개라든가 돼지라든가 잘은 모르겠네. 그걸 왜 키우느냐니까 어쩔 수 없다고만 하대. 버려진 걸 주웠는데 또 버릴 수가 없다고 했지, 아마. 어릴 때도 동물은 안 좋아했는데. 외로워서 그러나 생각하니까 맘이 짠하더라고. 아무래도 손이 많이 가겠지. 말 못하는 동물이라도 목숨 붙어 있는 생명인데 사료 사 먹여야지, 병원 데려가야지, 목욕도 시켜야지, 말이 쉽지 동물 키우는 거 웬만해선 못 해. 마당에 풀어 놓고 키우는 것도 아니고. 승우도 힘들어하는 눈치

116

긴 했지. 걸핏하면 집 밖으로 뛰쳐나가려고 해서 잠시도 한 눈을 팔 수 없다고. 지가 키우면서도 길들이기가 쉽지 않았던가 봐. 주인 말도 안 듣는 놈 어디 식당에 팔아 버리든가 동물원에라도 줘 버리라니까 너무 흉측하게 생겨서 사는 데도 받아 주는 데도 없을 거라나 뭐라나. 그래서 어떻게 됐냐고? 우리 아들 얘기 해 달라더니 왜 자꾸 짐승 새낄 물어봐? 집에 가 봤다고? 나도 못 가 본 집을 너희들이 다 갔네. 오지 말라고 한 건 아닌데 거기가 어디라고 내가 가. 방해만 되지. 지 한 몸 잘 먹고 잘 살면 됐어. 집이 좋아? 엄청? 섭섭하긴. 하나도 안 섭섭해. 생활비 꼬박꼬박 보내 줘. 난 그걸로 됐어. 아들이 벌어다 주는 돈으로 먹고살면 됐지 뭘 더 원해. 아, 집에 갔더니 개도 돼지도 없더라고? 그럼 안락사라도 시켰나……. 내가 그랬지. 사는 데도 받아 주는 데도 없으면 그냥 안락사시키라고. 그런 흉측한 놈을 왜 끼고 있어. 내 아들 고생만 시키는 놈을. 며느리 될 애도 싫어할 거고. 내내 들은 척 만 척이더니 드디어 안락사 시켰나 보네. 아이고, 잘됐다. 걱정거리 하나 줄었네. 부부간에 싸움 날 일은 처음부터 아예 안 만드는 게 좋아. 올가을에 결혼만 하면 난 이제 죽어도 여한이 없어. 얼른 가을이 왔으면……."

정지 버튼을 눌렀다. 다음에는 만하와 인호가 녹음해 온

엠피스리를 작동시켰다. 먼저 동네 어르신.

"승우 얘기를 해 달라고? 허 참, 무슨 얘기를 하나. 칠순 잔치? 당연히 나도 갔지. 한 상 잘 얻어먹고 노래도 부르고 밤새도록 놀았지. 식당 하나를 통째로 빌려서 동네 어르신 죄 모셔다 놓고 대접하는데, 내가 다 감개가 무량하더라고. 승우가 이렇게 잘될 줄 누가 알았겠나. 효심도 깊고 의리도 있는 녀석이라. 어릴 때는 욕심 많고 독한 녀석이라고만 생각했는데 동네 어른 섬길 줄도 알고. 역시 사람은 잘되고 봐야해. 승우가 몇 시에 도착했냐고? 그걸 내가 어떻게 알아, 이놈들아. 내가 터미널 지키는 장승도 아니고. 잔치 전날? 못 봤지, 아마. 봤다는 사람 없냐고? 이놈들이 공부는 안 하고 쓸데없는 것만 물어보고 다니네."

다시 정지 버튼을 눌렀다. 다음은 김승우의 학창 시절 친구.

"뭐? 승우? 난 잘 모르는데⋯⋯. 연락은 무슨. 얼굴 못 본 지도 1년이 넘었어. 사실은⋯⋯ 1년 전에 승우를 찾아갔었지. 큰 회사 사장이라기에 일자리 부탁하려고. 여긴 조그마한 동네라 일자리 구하기도 쉽지 않고. 거절당했지. 그땐 복수하느라고 그런 줄로만 알았는데 이번에 텔레비전에 나오는 거 보니까 사장이 아니고 직원이라고 하더구만. 그래서 거절했던가 봐. 소문이 왜 그렇게 난 건지⋯⋯. 직원인 줄 알았으면 일자리 부탁하지도 않았을 텐데. 에이, 쪽팔리게. 무슨 복수냐고? 이거 참, 말해도 되나…… 에이, 다 지난 일인데 뭘. 그래, 어릴 때 내가 좀 괴롭혔다. 왕따도 시키고. 녀석이 독기 품고 달려드니까 더 그랬지. 심한 정도는 아니고. 철없던 시절에 안 그랬던 놈 있으면 나와 보라 그래. 암튼 거절당하고 일어서는데 녀석이 술 한잔 하자고 하더라고. 술집으로 자리를 옮겼지. 지나고 나서 생각하니까 그날 녀석이 좀 이상했어. 불안해 보였다고나 할까. 술도 엄청 빨리 마시고. 나중에 취해서는 횡설수설하는데, 누구한테 협박당하고 있다나, 뭐 그런 얘기였던 것 같아. 나도 취해서 정확하게 기억은 안 나네. 암튼 힘들어하더라고. 그 뒤로는 못 만났지. 그런데 승우 얘기는 왜 묻냐?"

방문이 벌컥 열렸다. 그리고 맙소사, 불쑥 고개를 들이민 사람은 엄마였다.

"안 자고 있으면서 집에 사람 들어오는 것도 모르고 뭐 하니?"

"내일 온다고 했잖아."

얼떨결에 그렇게 대답해 버렸다. 마치 하루 일찍 와서 짜증난다는 듯. 이어폰을 빼고 엠피스리를 숨겼다.

"엄밀하게 말하면 내일 맞지. 아니 오늘. 열두 시 지났어."

"아빠는?"

"버리고 왔어."

"뭐야, 싸웠어?"

"그래, 싸웠다."

"왜?"

"싸울 일이 한두 가지니. 저녁은 먹었어?"

"그렇다고 버리고 오면 어떡해?"

"아마 더 좋아할걸. 처음 만난 사람들이랑 밤새 어울려도 잔소리할 마누라도 없으니. 지금쯤 신 났을 거다. 엄마 라면 먹을 건데 같이 먹을래?"

"저녁 안 먹었어? 지금 새벽 두 시야, 엄마."

"못 먹었어. 이 새벽에 고속도로에서 혼자 먹니? 엄마 라면 하나만 끓여 주라."

"오자마자 아들 부려 먹네."

투덜거리면서도 책상 앞에서 일어났다. 엄마는 여행가방을 들고 안방으로 가고 나는 부엌으로 향했다. 물을 올리고 라면 두 개를 꺼냈다. 물론 나는 저녁을 먹었다. 고속도로 휴게소에서. 하지만 라면 얘기를 듣는 순간 또 배가 고팠다. 게다가 이 새벽에 엄마 혼자 먹게 할 순 없지. 얼마나 쓸쓸하 겠는가 말이다. 물이 끓을 동안 냉장고에서 김치를 꺼냈다.

다른 반찬은 아무것도 없었다. 일주일 내내 냉장고에는 달랑 김치 하나뿐이었다. 배달음식이 없었다면 나는 아마 굶어 죽었을 것이다. 이 고생도 이제 오늘로 끝이다. 아니, 이 한 끼로.

잠옷으로 갈아입은 엄마가 방에서 나왔다. 라면을 먹는 내내 나는, 여행은 어땠어? 아빠랑은 만리장성 좀 쌓았어? 둘이서만 여행한다니까 할아버지가 뭐래? 동해는 안녕해? 하고 물어 댔다. 내가 원래 말이 많은 아이가 아닌데, 엄마가 없는 동안 조금, 조금보다는 조금 더 많이, 외로웠던 모양이다. 엄마가 무사히 돌아와서, 기뻤다. 아주 많이.

복원 혹은 재구성

13

사건 발생 25일 후 장문규 할아버지 집의 폴리스라인이 철거되었다. 그날 자정이 조금 지났을 때 나는 조용히 집을 빠져나왔다. 어둠 속에 몸을 숨기며 그 집으로 향했다. 언덕배기에 도착한 뒤 주변을 살폈다. 그런 다음 소리 없이 담을 넘었다. 돌보는 사람이 없어서인지 마당의 나무는 더 우거졌고 장미 넝쿨은 서로 얽히고설키며 사방으로 가지를 뻗고 있었다. 집도 어쩐지 지난번에 왔을 때보다 훨씬 더 낡아 보였다. 고작 한 달이 흘렀을 뿐인데도.

만능열쇠로 문을 열고 집 안으로 들어갔다. 거실에는 우물 속처럼 서늘한 기운이 감돌고 있었다. 지난번에 왔을 때와 달라진 것은 없는데, 모든 것이 그대로인데, 마치 다른 장소에

온 듯한 기분이 들었다. 한동안 움직이지 않고 가만히 서 있었다. 그러다 어느 순간 눈을 감았다. 장 노인의 숨결이, 체취가 느껴지는 것만 같았다. 이층의 저 수많은 음반들을 가져와 여기서 음악을 들었겠지? 음악을 들으며 책을 읽었을까? 노인이 들었을 음악이 지금 내 귀에도 들리는 것만 같았다.

문 하나를 열었다. 안방이었다. 침대가 있고 텔레비전이 있고 작은 탁자와 의자가 있었다. 다른 문 하나를 열었다. 옷장과 이동식 행어가 있었다. 또 다른 문 하나를 열었다. 서재였다. 문 앞에, 노인이 쓰러져 있었던 모양대로 흰색 선이 그어져 있었다. 기어가다 힘이 다해 그대로 움직임이 멎은 듯 한쪽 다리가 다른 쪽에 비해 짧았다. 서재에는 책상과 책장, 안락의자가 있었다.

집 안 어디에서도 사진은 단 한 장도 발견되지 않았다. 없는 게 하나 더 있었다. 거울이었다. 안방에도 거실에도 심지어 화장실에도 없었다. 세면대 위는 그냥 맨벽이었고, 발병 후 떼어낸 듯 거울이 걸렸던 흔적만 남아 있었다.

다시 서재로 갔다. 책상 앞에 앉아 보았다. 회사 일에서 손을 뗀 후 노인은 이 책상에 앉아 무엇을 했을까. 커다란 책상 위에는 빈 메모지와 펜 한 자루 외에는 아무것도 없었다. 그 흔한 연필꽂이조차도. 손전등으로 훑어보다 책상 위에서 이

상한 자국을 발견했다. 네모반듯한, 다른 곳보다 좀 더 색이
진한, 오랜 세월 한자리에 놓여 있어 생긴 자국. 노트북일까?
책상 아래와 책장 위까지 살폈지만 노트북은 보이지 않았다.
다른 방에도 없었다. 이층과 거실에서도 나오지 않았다. 경
찰이 가져간 걸까? 아니면 혹 김승우가?

　노트북을 찾다 뜻밖에 대어를 건졌다. 탁상 달력이었다.
서재 책상 서랍에서였고, 각종 고지서 묶음들 아래에 짓눌리
듯 놓여 있어 자칫 못 보고 지나칠 뻔했다. 달력에는 그날의
하루 일과와 감상이 간략하게 정리되어 있었다. 모두 다섯
개였고, 2014년의 달력은 7월에 멈춰 있었다. 기록은 16일
까지. 노인이 쓰러지기 하루 전날인 16일의 기록은 이런 것
이었다.

　비. 마침내 결심. 점심 조금. 차이코프스키. 『미망』 50쪽. 100걸음

　암호문 같은 기록이었다. 15일의 기록도 16일과 비슷했
다. 다만 차이코프스키 대신 임방울이 적혀 있었고, 『미망』
65쪽, 120걸음이 다를 뿐이었다. 14일의 기록은 15일과 비
슷했고, 13일의 기록은 14일과 비슷했다. 달력 한 장을 앞으
로 넘겼다. 6월 8일에 눈이 멎었다. 일요일이었다.

맑음. 오늘도 초인종. 연락 안 됨. 점심 저녁 조금. G선상의
아리아 무한 반복.『홀』120쪽. 80걸음

하루 뒤 6월 9일에 마침내 '그'가 등장했다.

흐림. 승우 옴. 다툼. 보드카 조금. 현인, 패티김, 아말리아
호드리게스. 80걸음

달력을 한 장씩 넘기며 그날그날의 기록을 읽었다. 최근 것
은 하루 일과를 간략하게 정리한 것인 반면 과거로 갈수록
일과보다는 그날의 느낌이나 생각이 주를 이루었다. 예를 들
면 우울과 고통, 분노, 허탈 같은 단어가 자주 등장했고 신
세 한탄이나 삶을 비관하는 내용도 심심찮게 눈에 띄었다.
그러니까 최근의 것이 건조한 기록에 불과하다면 예전의 것
은 일기에 가까웠다. 그래서인지 뒤로 갈수록 읽는 데 시간이
걸렸고, 가슴이 먹먹해 달력을 내려놓고 멍하니 앉아 있기도
했다.
　2014년부터 2010년까지, 다섯 권의 달력을 다 읽고 고개
를 들자 창밖이 희뿌옇게 밝아오기 시작했다. 이제는 나가야
할 시간이었다. 달력을 가방에 넣고 자리에서 일어났다. 방

을 나서기 전 마지막으로 서재를 둘러보았다. 안락의자에 앉은 노인이 처연한 얼굴로 나를 바라보고 있었다. 눈을 감았다가 떴다. 노인은 보이지 않았다. 빈 안락의자만 덩그러니 놓여 있었다. 서둘러 노인의 집을 빠져나왔다.

개학을 이틀 남겨둔 8월 18일, 마침내 책상 앞에 앉았다. 하루 중 가장 무덥다는 오후 두 시였고, 잘 벼린 칼날 같은 햇살이 커튼 틈을 비집고 들어와 나를 겨누고 있었다. 장 노인의 집에 다녀온 지 사흘이 지났다. 그 사흘 동안 나는 조금 아팠고, 꼭 그래서는 아니지만 대부분의 시간을 누워서 지냈고, 많은 생각을 했다. 자리에서 일어났을 땐 몸도 마음도 훌쩍 커 버린 느낌이었다. 아니, 늙어 버린. 원한 것도 아닌데.

컴퓨터를 켜고 한글프로그램을 실행시켰다. 심호흡을 했다. 떨리는 마음을 다잡았다. 어깨 힘을 풀고 키보드 위에 양손을 올렸다. 지금부터 나는 감춰져 있던 퍼즐들을 제자리에 끼워 넣어 장 노인의 마지막 몇 달을 완성할 것이다. 잘못 꿰맞춰 있던 것을 제자리로 돌려놓을 것이다. 복원 혹은 재구성. 백 퍼센트 진실이라고는 장담할 수 없다. 장 노인 본인이 아닌 다음에야 누가 완벽히 진실인지 아닌지 판단할 수 있단 말인가. 다만 보고 듣고 읽은 내용을 바탕으로 진실에 가까워지기 위해 노력할 뿐이다. 이번만큼은 선생님의 칭찬 단골 메뉴인 '풍부한 상상력'을 자제하겠단 말이다. 글솜씨를 기대 하지는 말자. 이것은 17년 내 인생에서 처음으로 쓰는 긴 글 이다.

14

승우는 오늘도 오지 않았다. 벌써 한 달째였다. 사흘에서 일주일, 다음엔 2주일로 들르는 틈이 점점 길어지더니 이번엔 한 달이었다. 먹을 것도 약도 거의 바닥을 드러냈지만 연락 하지 않았다. 어차피 전화해도 받지 않을 것이다. 아니면 바 쁘다고 둘러대며 얼른 끊어 버리든가.

며칠 전부터 하루에 두 끼 먹던 걸 다시 한 끼로 줄였다. 약도 아껴서 발랐다. 고통스러웠지만 내가 감내해야 할 몫 이라고 생각했다. 그래도 가끔은…… 아니, 자주 서러워졌 다. 마음을 비우자, 하늘의 벌을 받아들이자, 마음을 다잡다 가도 한순간 울컥,했다. 억울했다. 내 전 인생을 바쳐 속죄했 는데 아직도 갚아야 할 게 더 남아 있었다니. 이제 됐다 싶을 때 이런 끔찍한 벌을 받아야 하다니. 당장 아픈 건 둘째 치더라도 남은 인생을 이런 끔찍한 몰골로 살아야 한다는 게 참을 수 없었다. 집 안에 갇혀 버러지처럼 먹고 자고 싸며, 훨훨 날기는커녕 꿈틀거리는 것조차 힘겨운 내 처지를 용납할 수 없었다.

나도 다른 참전 용사들처럼 떳떳하게 밖으로 나가 내 고통을 말하고 싶었다. 목숨 바쳐 일한 대가가 고작 이런 거냐고 항의하고 싶었다. 하지만 나는 그럴 수 없었다. 그 아이의 눈동자가, 그 아이의 아버지와 어머니와 할머니와 할아버지의, 죽어 가면서 나를 힘없이 올려다보던 그 눈동자가 내 발목을 붙잡고 놓아주지 않았다. 그들이 웃음소리만 내지 않았어도, 아니 해맑은 얼굴로 웃지만 않았어도……

우리가 그 마을을 기습 공격한 것은 적군의 연락책이 있다는 제보 때문이었다. 마을을 둘러싸고 1차 포격으로 혼을 쏙 빼놓은 다음 각자 한 집씩 맡아 안으로 뛰쳐 들어갔다. 집 안으로 들어간 나는 먼저 소총으로 천장을 겨냥해 한바탕 갈겨 주었다. 겁을 주기 위해서였다. 바닥에 옹기종기 둘러앉아 밥을 먹던 일가족이 멍한 눈으로 나를 올려다보았다. 그러나 그것도 잠시, 한 살쯤 되었을까 싶은 아이가 나를 향해 방긋 웃었다. 내 쪽으로 팔을 뻗으며 온몸을 까불거리기까지 했다. 아이의 재롱에 일가족이 웃음을 터뜨렸다. 내 존재 같은 건 벌써 까맣게 잊은 모습이었다. 그 순간 나는 눈이 뒤집혔다. 광기에 휩싸였다. 내가 지금 누구 때문에 이 땅에 와서 이 개고생을 하는데, 싶었다. 매일 누군가를 죽이고 우리 중에서도 매일 누군가가 죽어 나가는, 죽음이 일상이 된 곳, 바로 이들을 적들의 손에서 구해 내기 위해 이 지옥 같은 정글에 오지 않았던가. 나는 불행하고 그들은 행복한 게 억울했다. 나에게는 없는 가족이 그들에게만 있는 게 못마땅했다. 내 존재를 무시하고 내게 겁을 먹지 않는 그들에게 분노가 일었다. 하지만 그뿐이었다. 그들을 죽이겠다고 작정한 건 아니었다. 소총을 움켜쥐고 한자리에 붙박인 듯 서 있기만 했다. 그러나…… 아이의 옹알이에 일가족이 또다시 까르르 웃음을 터뜨리는 순간 나는 나도 모르게 방아쇠를 당겨 버렸다. 눈앞으로 붉은 꽃잎이 무수히 떨어져 내렸다.

새의 울부짖음이 귓속을 파고들었다. 나는 지금 정글에 와 있는가? 눈을 떴다. 천장의 꽃무늬 벽지가 제일 먼저 눈에 들어왔다. 열린 문 사이로 거실의 소파 등받이도 보였다. 집이구나, 안도했다. 몸을 일으켰다. 낮잠을 자는 동안 식은땀을 흘렸는지 온몸이 끈적거렸다. 잠을 깨도 새소리는 계속되고 있었다. 조금 더 시간이 흘러서야 나는 그게 진짜 새가 아니라 초인종 소리라는 걸 알았다. 또 왔구나. 그런데 누굴까. 저들은 누구이기에 저토록 애타게 초인종을 눌러 대는 것일까.

며칠 전 나는 승우에게 전화를 걸어 나를 찾는 사람들이 있는 것 같으니 무슨 일인지 알아보라고 말했다. 잊을 만하면 찾아와 초인종을 눌러 댄다고. 급한 용무가 있는 모양이라고. 승우는 알았다고 대답했다. 며칠이 흘렀다. 그동안에도 초인종 소리는 계속되고 승우에게서는 연락이 없었다. 다시 승우에게 전화를 걸었다. 승우는 별일 아니니 걱정 말라고 했다. 하지만 승우와 통화하는 동안에도 초인종 소리는 절박하게 울리고 있었다. 별일 아니라면 저토록 끈질기게 찾아와 초인종을 눌러 댈 리가 없었다. 건성으로 대답하는 승우가 괘씸했지만 화를 누르고 물었다.

"말해 봐, 무슨 일이야?"

"아무 일도 아니라니까요. 누가 초인종으로 장난치나 보죠. 저 바빠요."

"초인종으로 장난치는 것도 하루 이틀이지 몇 주씩 장난칠 리가 없잖아."

"그렇게 궁금하면 사장님이 직접 나가 보시든가요."

나는 할 말을 잃었다. 수화기 너머 승우의 비웃는 얼굴이 보이는 것만 같았다. 내가 밖에 나가 볼 수만 있다면……. 나는 손등을 내려다보았다. 반팔 셔츠 아래로 드러난 팔을 보았다. 흉측한 모습이었다. 차마 얼굴을 확인할 자신은 생기지 않았다.

"이봐, 승우."

내가 불렀다. 하지만 전화는 이미 끊겨 있었다. 나는 소파 위로 무너지듯 주저앉았다. 그동안에도 초인종 소리는 계속되고 있었다. 그 소리가 심장을 파고들었다. 초인종 소리가 계속되는 동안엔 나는 아무것도 하지 못했다. 잠도 자지 못했고, 밥도 먹지 못했고, 심지어 화장실에도 가지 못했다. 발소리를 내지 않기 위해 조심스럽게 거실을 서성일 수 있을 뿐이었다. 대문 밖에 선 사람에게 들릴 리가 없는데도.

소파에서 일어나 창가로 갔다. 커튼을 살짝 들추고 밖을 내다보았다. 얼굴이 자세히 보이지는 않았지만 여자라는 건 알 수 있었다. 도대체 나한테 무슨 용무가 있는 것일까. 개인적인 일로 나를 찾아올 사람은 없으니 분명 회사 일과 관련된 용무일 것이다. 그렇다면 이 집으로 올 게 아니라 회사로 가야 한다. 회사로 가서 승우를 만나 해결을 봐야 한다. 이 사실을 모르는 게 틀림없었다. 나는 망설였다. 수건이라도 두르고 나가서 회사로 찾아가라고 말해 줘야 할지, 끝까지 모른 척해야 할지.

커튼 너머에 서서 내내 망설이고만 있는 사이 초인종 소리가 멎었다. 여자가 돌아갔다. 나는 마침내 기나긴 숨을 내쉬었다. 너무 긴장하고 있었던 탓인지, 아니 긴장이 풀려서인지 다리가 후들거리고 몸이 무거웠다. 운동이고 뭐고 다 집어치우고 침대에 눕고 싶은 마음밖에 없었다. 150걸음을 채우리라던 계획은 가볍게 무시해 버리고 안방으로 향했다.

아무래도 이상했다. 아무리 약을 먹고 연고를 발라도 나아지는 기색이 없었다. 이 정도 먹고 발랐으면 차도가 있어야 할 게 아닌가. 5년 세월이었다. 5년 동안 밖에도 나가지 않고 오로지 이 몸뚱이만을 위하며 살았는데 나아지기는커녕 오히려 더 끔찍한 몰골로 변해 가고 있는 것만 같았다. 이 반점과 종기, 진물이 외려 내가 주는 약을 먹고 쑥쑥 자라고 증식을 거듭하는 것만 같았다.

의심은 또 다른 의심을 낳는 법이다. 의심에는 브레이크가 없다. 한번 시작된 의심 앞에는 질주의 운명만이 있을 뿐이다. 나 역시 그랬다. 승우를 향한 의심이 끝없이 뻗어 나갔다. 그렇게 태어난 의심들이 저희들끼리 잡아먹고 잡아먹히며 더욱 크고 견고해졌다.

발단은 기부금이었다. 칩거 생활이 8개월로 접어들 무렵 오랜 세월 인연을 맺어 온 한 고아원 원장이 내게 전화를 걸어 말했다.

"장 사장님 괜찮으세요? 요즘 회사가 많이 어렵다면서요?"

걱정 가득한 목소리였다. 회사가 어렵다는 얘기는 금시초문이었다. 승우는 내게 아무런 말도 하지 않았다. 내가 얼른 대답을 못 하고 있는데 원장이 다시 말했다.

"저희는 걱정 마세요. 지금까지 도와주신 것만으로도 큰 은혜를 입었는데……."

기부금이 끊겼냐고 물었다.

"지난달부터 3분의 1로 줄었어요. 그보다 얼른 사장님이 건강을 되찾으셔야 할 텐데……. 그래야 회사도 돌보시죠. 사장님 안 계시니 회사가 어려운가 봅니다."

내가 복귀할 때까지 승우에게 회사를 맡기면서 당부한 게 있었다. 회사가 무너질 지경에 처하지 않는 한 고아원과 양로원에 보내는 기부금은 절대 삭감하지 말라는 것이었다. 어차피 월남에서 벌어 온 돈으로 시작한 사업이었다. 남의 전쟁을 대신 치러 주고 받은 돈이었다. 나는 단 한 번도 그것이 내 돈이라는 생각을 해 본 적이 없었다. 내 것이 아닌 것을 갖고 있으면 마음이 불편했다. 내가 고아원과 양로원에 정기적으로 기부금을 보내는 이유였다. 꼭 속죄만이 이유는 아니었다는 뜻이다. 승우는 알았다고 했고 나는 믿었다. 그런데 1년도 안 돼 3분의 1로 줄었단다.

나는 회사로 전화를 걸었다. 낯선 목소리가 받기에 누구냐고 물었다. 경리라고 했다. 내가 아는 경리 이름을 대며 바꿔 달라고 했더니 그 경리는 사직하고 자신이 후임으로 왔다고 했다. 역시 금시초문이었다. 서운했지만 곧 그럴 수도 있겠다, 싶었다. 내게 보고하는 걸 잊었거나 보고할 만큼 중요한 일이 아니라고 생각했을 수도 있었다. 승우를 바꿔 달라고 했다. 그러자 '사장님'은 외출 중이라는 대답이 돌아왔다. 나는 새 경리에게 어쩔 수 없이 나를 회장이라고 소개했다. 그런 다음 고아원과 양로원에 보내는 기부금 액수를 물었다. 경리가 한참 만에야 대답했다. 8개월 전의 액수와 같았다. 나는 알았다고 말하고 전화를 끊었다.

기부금의 3분의 2가 어디로 사라졌는지 추측하는 것은 어렵지 않았다. 고민 끝에 그 문제를 덮기로 했다. 승우에게는 아무 말도 하지 않았다. 내가 회사로 복귀한 다음 원래대로 돌려놓을 생각이었다. 예상보다 투병 생활이 길어지고는 있었지만 그래도 몇 달 뒤면 회사로 돌아갈 수 있을 줄 알았다. 현대 의학의 힘을 믿었다. 죽을병도 고치는 세상인데 이깟 피부병쯤이야, 생각했다. 그때까지만 해도 이처럼 오랜 세월 집 안에서만 지낼 줄은 상상도 하지 못했다. 꿈에서조차.

승우가 건네주는 약을 최초로 의심하기 시작한 건 투병 생활이 4년째로 접어들 무렵이었다. 발병 초기에 병원에 다니다 그만둔 건 승우 때문이었다. 병에 차도가 있는 것도 아니고 굳이 병원에 가서 의사에게 환부를 보일 필요가 있느냐고, 받아 놓은 처방전으로 자신이 약국에 가서 약을 사 오겠다고 했다. 승우의 말이 그럴듯하게 들렸다. 일주일 전이나 이틀 전이나 상태가 똑같으니 굳이 다른 처방을 받을 필요가 없어 보였다. 게다가 의사에게 괴물 같은 얼굴과 몸뚱이를 보이는 것도 내키지 않았다.

그러나 3년 동안 아무리 약을 먹고 발라도 호전되는 기미가 보이지 않자 점점 초조해졌다. 약의 효능도 미심쩍기 짝이 없었다. 승우의 태도도 의심스러웠다. 중간중간 병원에 가겠다는 의사를 내비칠 때마다 승우가 말렸다. 이유도 다양했다. 오늘은 제가 시간이 없으니 다음에 모시고 갈게요. 혹은, 담당 의사가 해외로 세미나를 갔다고 하네요. 꼬박꼬박 약 드시잖아요, 의사가 본다고 달리 방법이 있겠어요? 급기야는 이런 말까지 했다.

"천벌이라고 하셨잖아요. 천벌 받아 이렇게 된 걸 인간의 힘으로 어떻게 고치겠어요?"

그러나 기다리는 데도 한계가 있다. 4년째에 접어든 3월 4
일, 한 달 만에 집에 들른 승우에게 마침내 나는 내 결심을 말
했다. 집을 벗어나 세상 속으로 들어가겠다고. 병원에도 가
겠다고. 이제는 사람들의 시선 따위 두렵지 않다고. 아니, 두
려워하지 않겠다고. 내가 말을 하는 동안 승우의 표정이 점
점 일그러졌다.

"안 됩니다. 절대 안 돼요. 사람들이 돌을 던질 겁니다. 회
사 망하는 꼴 보고 싶으세요?"

승우가 소리쳤다. 나도 지지 않았다. 이미 내 결심은 섰다.

"나를 막을 생각은 마라. 네가 기부금을 중간에서 가로챈
걸 알고 있다. 회사 공금을 횡령한 것도 알고 있어. 나를 막
는다면 널 고소할 거야."

사람들이 돌을 던진다 해도 나는 나갈 것이다. 아니, 같이
던질 것이다. 당신들이 무슨 자격으로 나에게 돌을 던지느냐
고 따져 물을 것이다. 이것은 병이다. 천벌이 아니다. 천벌이
라는 건 한때 내 심약한 정신과 죄책감이 만들어 낸 망상일
뿐이다. 이것은 병이고, 고엽제의 후유증이다. 나는 월남전
참전 용사이고, 상사의 지시대로 고엽제를 뿌렸고, 마귀 같은
풀을 죽여 모기와 베트콩의 은신처를 없앤 대신 이 병을 얻었

다. 이 병으로 나는 고통 받을 만큼 받았다. 3년 동안 유령처럼 살았다. 내 집에서조차 말소리 발소리 한번 크게 내지 못하고 조바심치며 살았다.

승우의 입가로 비웃음이 번졌다. 승우가 물었다.

"알고 계셨어요?"

"그럼 내가 모를 줄 알았니?"

"끝까지 모른 척할 줄 알았죠."

"어리석구나. 도대체 내가 왜 계속 너를 봐줄 거라 생각했니?"

"알고 계시잖아요."

"뭘?"

"월남에서…… 죄 없는 일가족을…… 갓난아이도 있었다면서요?"

"그만해!"

"사장님을 아는 모든 사람들이, 전 국민이, 어린애들까지도 손가락질할 거예요. 코흘리개 애들한테까지도 손가락질 받고 싶으세요? 그동안 돈 갖다 바쳐 키운 고아 애들한테 위선자 소리 듣고 싶으세요? 살인자 소리 듣고 싶으세요?"

나는 더 이상 서 있지 못하고 차가운 거실 바닥으로 무너져 내렸다.

"집 안에 가만히 처박혀 계세요. 횡령이니 뭐니 떠들지도 마시고요. 그럼 저도 입 다물게요. 그래도 누구처럼 죽이진 않잖아요. 죽이는 게 뭐야, 오히려 사장님을 먹여 살리고 있는데. 놀고 있어도 때 되면 밥 줘, 약 사 줘, 얼마나 좋아요. 다른 사람들은 이렇게 살고 싶어도 못 살아요. 다른 사람들이 꿈꾸는 인생이라고요. 무위도식, 얼마나 좋아요. 그리고 말 나온 김에 한 말씀만 더 드릴게요. 그렇게 돈 갖다 바치면 이미 지은 죄가 없어지나요? 꿈 깨세요. 헛수고하는 거라고요. 더 이상은 우리가 땀 흘려 일해 번 돈 엉뚱한 놈들한테 안 뺏겨요. 그래도 사장님 체면치레는 해 드리죠. 그러니 주는 밥이나 축내면서 인생 즐기세요."

나는 아무런 말도 하지 못했다. 승우의 얼굴조차 쳐다보지 못했다. 두 다리로 버티고 선 승우가 사천왕처럼 무시무시해 보였다. 중생을 보호하는 게 아니라 나를 감시하는 사천왕. 잡귀를 쫓기 위해서가 아니라 나를 겁주기 위해 점점 섬뜩한 얼굴로 변해 가는 사천왕.

승우가 돌아갔다. 내 반란은 그토록 허무하게 끝이 났다. 제대로 된 반격 한번 해 보지 못하고.

하루 종일 차이코프스키 교향곡이 흐르고 있었지만 나는 여느 때처럼 음악에 집중하지 못했다. 책도 읽다 말다 했다.

간신히 50쪽을 채웠을 때 결국 손에서 놓아 버렸다. 이렇게 사는 삶에 회의가 들었다. 내 집에 찾아온 손님조차 맞지 못하는 삶을 계속 살아서 뭐하나 싶었다. 이제 결정을 내려야 했다. 지금까지처럼 허깨비로 목숨만 간신히 유지할 것인지 아니면 밖으로 나가 돌을 맞을 것인지.

승우가 옳은 소리를 했다. 아무리 속죄를 한다고 해도 이미 지은 죄가 없어지지는 않는다. 죽은 사람들이 살아 돌아오지는 않는다. 결국 내 입으로 내 죄를 밝히고 죗값을 치러야 한다. 그것이 진정한 속죄일 것이다. 이 버러지만도 못한 삶에서 벗어날 유일한 길이다. 이제 숨지 않겠다. 여전히 사람들이 퍼부을 질타가 두렵지만 그 두려움마저도 내가 감내해야 할 몫이다. 마침내 결심이 섰다.

승우에게 전화를 걸었다. 핸드폰은 받지 않을 게 뻔했으므로 회사로 전화를 걸어 직원에게 바꿔 달라고 했다.

"김승웁니다."

승우가 말했다. 나는 심호흡을 했다. 그런 다음 천천히 내 생각을 밝혔다. 세상으로 나가 내 죄를 고백하고 돌을 맞겠다고 했다. 손가락질이든 비난이든 다 받겠다고 했다. 지금까지 네가 한 짓은 문제 삼지 않겠으니 회사에서 물러나라고도 했다. 한동안 수화기에서는 거친 숨소리만 들려왔다. 재촉하지 않고 기다렸다. 내 뜻을 받아들이는 데 시간이 필요할 것이다. 승우 입장에서 보면 청천벽력과 같을 테니.

빗소리가 아련하게 들렸다. 5년 동안 늘 그랬다. 이중으로 된 창이 꼭꼭 닫혀 있어서 한 번도 선명한 빗소리를 듣지 못했다. 이제는 선명한 빗소리뿐 아니라 그 비를 맞을 수도 있다. 새로운 삶이 내 앞에 기다리고 있다. 그 생각만으로도 가슴이 설렜다.

"살인자로 낙인찍히는데도 고백하겠다고요?"

한숨 소리에 이어 승우가 물었다.

"그래. 살인자 맞으니까."

"그 돌을 다 맞겠다고요?"

"그래. 던지면 맞아야지."

"버러지 같은 삶이라고 하셨죠? 고백하면 달라질 것 같으세요? 더 비참해질 거라고요. 살아가는 내내 진창에서 구를 거라고요."

"그래도 상관없다. 최소한 비굴하지는 않으니까."

"회사는요? 그 꼴로 돌아오실 건가요?"

"매각할 생각이다."

"매각한다고요?"

"그래. 사회에 환원할 거다. 공금 횡령에 대한 어떠한 책임도 묻지 않겠다. 넌 이제 네 갈 길을 가거라."

"알겠습니다. 사장님 결심이 그러신데 제가 무슨 수로 말리겠어요."

"알아줘서 고맙다."

"아직 다른 사람들한테 얘기한 건 아니죠?"

"그래. 너한테 처음으로 하는 거다."

"그럼 하루만 기다려 주세요. 오늘 중으로 처리해야 될 일이 많네요. 내일 아침에 찾아뵐게요."

"그러자. 너한텐 미안하구나. 내가 너를 망쳐 놓은 것 같다. 회사를 너한테 맡기는 게 아니었는데……."

"그런 말씀 마세요."

"진심이다. 이 말은 꼭 하고 싶었다. 그럼 내일 보자꾸나."

수화기를 내려놓았다. 무거운 짐에서 놓여난 듯 마음이 가벼웠다. 이렇게 쉬운 걸 왜 그 오랜 세월 짐을 지고 살았는지 후회가 밀려왔다. 내일 7월 17일은 내 인생의 전환점이 될 것이다.

소파에 기대 눈을 감았다. 몸이 나른하게 풀어지며 졸음이 몰려왔다. 지난 40여 년 동안 수면제 없이는 단 하루도 편안히 잠들지 못했다. 참 이상도 하지, 마음 하나 바꿔 먹었을 뿐인데 영영 잃어버린 줄만 알았던 잠이 스스로 찾아오다니.

아련한 빗소리와 현악기 소리에 귀를 내맡긴 채 나는 40여 년 만에 처음으로 편안히 잠들었다.

15

컴퓨터 앞에서 물러났다. 오후 두 시에 시작한 글이 꼬박 밤을 새고 아침에야 끝났다. 바깥은 엄마와 누나가 출근 준비하는 소리로 소란스러웠다. 드라이어 소리, 식탁에 그릇 놓는 소리, 싱크대 위로 물 떨어지는 소리. 그리고 한음아 밥 먹자, 나를 부르는 소리. 대답할 기운이 없어 방문을 열고 손만 저었다. 어디 아프니? 엄마가 물었지만 그대로 침대 위로 쓰러졌다.

깜빡 잠이 든 모양이었다. 화장실에 가기 위해 일어나니 집 안이 조용했다. 냉장고 위에 쪽지가 붙어 있었다. 늦을 거라는 내용이었다. 발신인은 없었지만 엄마라는 걸 알 수 있었다. 화장실에 다녀온 뒤 다시 잠들었다.

전화벨 소리에 깬 것은 오후 세 시 무렵이었다. 내가 전화를 받자마자 만하가 대뜸 소리쳤다.

"왜 이렇게 전화 안 받아? 몇 번이나 한 줄 아냐? 내 핸드폰 뜨거워진 것 좀 봐. 손바닥이 델 지경이다, 자식아. 이 시간까지 잤냐? 방학이라고 너무 게으름 피우는 거 아냐?"

"입에 따발총 달았냐? 귀 따가워."

잔뜩 잠긴 목소리가 나왔다. 우선 일어나 앉았다. 머리가 멍했다.

"진짜 잤냐? 지금이 어느 땐데 자빠져 자고 있어?"

"어느 땐데?"

"내일 개학이잖아. 방학 숙제 했어?"

"아니."

"거 봐. 이럴 줄 알았다니까."

"너는 했냐?"

"시끄럽고, 애들 다 모여 있으니까 얼른 도서관으로 뛰어와. 열람실 아니고 정기간행물실이다."

만하가 제 할 말만 하더니 먼저 전화를 끊어 버렸다. 부재중 전화가 열 통쯤 와 있었다. 서둘러 일어나 지난밤에 쓴 글을 프린트했다. 허겁지겁 밥을 먹고 세수를 하고 옷을 갈아입었다. 그렇게 서둘렀는데도 도서관에 도착했을 땐 한 시간이 훌쩍 지난 뒤였다. 그런데 어라? 밤이도 와 있었다. 달이 옆에 새침한 표정으로 앉아 잡지를 읽고 있었다.

"아빠한테 보고해야 해서 같이 왔어."

그렇게 말한 사람은 밤이가 아니라 달이였다.

"얘기 다 들었어. 너희들 도둑질했다며?"

잡지에서 눈도 들지 않고 밤이가 말했다. 나는 달이를 보았다. 어쩔 수 없잖아, 어깨를 추켜올리며 변명하듯 달이가 말했다. 정기간행물실에는 우리 말고는 아무도 없었다. 만하는 뭔가를 베껴 쓰느라 아는 척도 하지 않았다.

"일단 숙제부터 해. 우린 다 했어."

인호가 옆자리로 옮겨 앉으며 말했다. 나는 인호가 양보해 준 자리에 앉았다.

"영어랑 국어는 밤이 거 보고 수학은 인호 거 보고 해. 숙제 검사 철저하게 안 한대. 베껴도 모를 거야."

노트 세 권을 내밀며 달이가 말했다. 나는 가방에서 프린트해 온 걸 꺼냈다. 아이들에게 읽힐 생각을 하자 얼굴이 화끈거렸다. 이럴 줄 알았으면 좀 더 일찍 시작해서 퇴고까지 마칠걸 그랬다는 생각이 들었다. 논리가 부족하다고, 억측이라고 매도하면 어떡하나, 하는 걱정도 있었다. 그래도 일단 용기를 내 보는 거다.

"그건 뭐야?"

다행히 달이가 먼저 물어 주었다.

"이번 사건에 대한 보고서. 밤새 쓴 거야."

"네가?"

"응. 그런데 형식이 좀 달라. 일반적인 보고서라기보다 일기나 소설에 더 가까워. 그게 쓰기 편할 것 같아서."

"대단한데?"

달이가 말했다. 멋지다! 인호가 감탄했다. 우리는 쏙 빼고 너 혼자 썼냐, 만하가 이죽거렸다. 밤이는 반응이 없었다.

"한음이 숙제하는 동안 우리 이거 복사해서 읽어 보자."

달이가 말하자 만하가 투덜거렸다.

"숙제는 나도 하거든."

"자랑이다. 한음이는 이거 쓰느라 늦었다 치고 너는 엊그제 노트 빌려가 놓고 숙제 안 하고 뭐했냐?"

"놀았다. 수영장 가고 게임 하고 영화도 보고."

"잘났다. 이거 복사해 올 테니까 얼른 끝내기나 하서."

"같이 가."

달이를 따라 인호도 자리에서 일어났다. 밤이는 주위에서 무슨 일이 벌어지든 아랑곳없이 꿋꿋하게 잡지만 읽었다. 내가 힐끔거리는 것도 알아채지 못한 채. 정말 대단한 집중력이었다. 그러니 1등을 밥 먹듯 하는 거겠지. 정신 차리자, 한음.

달이와 인호가 돌아왔다. 아이들이 보고서를 읽는 동안 나는 숙제를 했다. 아니, 풀어놓은 답을 그대로 보고 적었다.

정답인지 아닌지 확인할 겨를은 없었다. 인호를 믿어 보는 수밖에. 밤이는 당연히 정답일 테고. 내가 숙제를 끝냈을 때 마침 아이들도 보고서를 다 읽고 내려놓았다. 다들 심각한 표정이었다. 어때? 초조해진 내가 물었다.

"뭐 그럭저럭."

"야, 이것도 글이라고 썼냐?"

"근데 이거, 진짜야?"

달이와 만하와 인호의 대답. 나는 밤이를 보았다. 사실은 밤이의 반응이 가장 궁금했다.

"보고서라기엔 장르가 애매한데?"

"아…… 역시 그렇지?"

급하게 썼다고 자위하면서도 내심 기대를 했던 모양이다, 실망이 큰 걸 보면. 풀 죽은 나를 달랠 생각은 않고 아이들이 저마다 떠들어 댔다. 관심사는 예상했던 대로 진실 여부였다. 나는 가방에서 장 노인의 달력을 꺼냈다. 다섯 개 모두.

"인터뷰 내용과 이 달력에 적힌 기록을 종합해서 유추해 본 거야."

아이들이 달력을 하나씩 가져가 읽기 시작했다.

"이거 어디서 난 거야? 진짜 그 노인 거야? 우아, 대박!"

만하는 흥분을 감추지 못했다. 나는 달력이 내 손에 들어

오게 된 경위를 설명했다. 다 듣고 난 만하가 험악한 표정을
지으며 위협했다.

"그런 건 같이해야지, 인마! 너 혼자 재미 다 보고!"

"그렇게 억울하면 오늘 밤에라도 들어가든가."

"같이?"

"너도 혼자 가야지."

"싫어. 뒷북칠 일 있냐."

"사실은 무서워서 그러지?"

"이놈이 형님을 뭘로 보고."

만하가 눈을 부라렸다. 그러다 찡긋, 윙크를 했다. 우웩!
징그러운 놈. 나는 과장되게 토하는 시늉을 했다. 아 참, 밤
이가 있었지. 밤이의 눈치를 보며 얼른 자세를 바로 했다.

"이거 장난 아닌데?"

순식간에 달력 다섯 개를 다 읽은 달이가 말했다.

"이제 신빙성이 좀 생겼어?"

"그런 것 같아."

"고작 그 정도야?"

"판단은 어른들한테 맡기자."

"어른 누구?"

만하가 끼어들었다.

"우리 아빠. 어차피 보고서도 제출해야 하고."

"딱이네, 딱이야."

만하의 설레발이 아니더라도 달이의 의견에 반대할 사람은 없었다. 발명에 미쳐 있는 우리 아빠나 소심한 인호 아버지, 잦은 출장으로 집을 비우기 일쑤인 만하 아버지는 누가 보더라도 부적격인 게 분명했다. 지금 당장 가자! 만하의 재촉에 아이들이 몰려 나가고 느지막이 일어서는데 밤이가 중얼거렸다.

"너, 다시 봤어."

내 귀에는 분명 그렇게 들렸다. 하지만 목소리는 지나치게 낮고 발음은 불분명했다. 어? 되묻는 순간 밤이는 나를 지나쳐 출입문 쪽으로 가 버렸다. 아이들이 있어서 다시 물을 용기는 나지 않았다. 제발 잘못 들은 게 아니기를……

16

달이의 아버지는 기대했던 것보다 더 큰 관심을 보였다. 인터뷰 과정을 꼬치꼬치 캐물었고 녹음 파일을 신중하게 들었다. 물론 보고서랍시고 제출한 내 글도 꼼꼼하게 읽었다. 아이들의 탐정 놀이 정도로 치부하면 어떡하나 걱정했던 마음이 무색할 정도였다.

"고생들 했다."

다섯 개의 달력까지 다 훑어본 뒤 달이의 아버지가 말했다. 불안과 긴장, 초조가 그 말 한마디에 봄날 벚꽃잎 날리듯 사라졌다. 나도 모르게 입가로 미소가 번졌다. 그래 고생, 할 만큼 했다. 특히 마음고생. 그제야 나는 내 앞에 놓인 차를 마셨다. 달이의 부모님이 지리산에 가서 직접 따 왔다는 녹차의 가장 여린 순, 세작이었다. 빈 잔은 달이의 어머니가 채워 주었다. 만하도 남은 녹차를 마시고는 달이 어머니 앞으로 잔을 내밀었다. 쓴맛 때문에 얼굴을 찌푸리면서도 만하가 기어이 네 잔을 마신 것은 달이 부모님에게 잘 보이기 위해서였다. 이유는 모르겠지만.

"재수사를 요청하자면 너희들 잘못도 밝히지 않을 수 없다."

"알고 있습니다."

장 노인의 집에 침입한 걸 말하지 않고서는 그 뒤의 우리 행동이 설명이 안 되겠지. 알고 있었다. 이미 각오한 일이었고 자수하기로 아이들과도 의견을 모은 바였다.

"잘못을 했으니 아마 벌을 피하기는 어려울 거다. 물론 너희들도 할 말이 있겠지. 친구를 돕고 싶었겠지. 하지만 방법이 잘못되면 결과와 의도 모두 의미가 없게 된다. 너희들은 행동하기 전에 먼저 어른들에게 상의했어야 하고 다른 해결 방법을 찾았어야 했다. 결과 못지않게 과정도 중요하다는 걸 이번 기회에 깨달았으면 한다."

달이 아버지의 근엄한 목소리에 짓눌려 우리는 아무도 대꾸하지 못했다. 조금 전 벚꽃잎을 날렸던 훈풍은 어느새 겨울바람으로 변해 내 심장을 얼리고 있었다.

그래, 벌을 받겠지. 설마 감옥까지 가지야 않겠지만 학교에 알려진다면 정학은 피할 수 없을 것이다. 벌써부터 엄마의 한숨 소리가 들리는 듯했다. 그래도 후회하지는 않았다. 달이 아버지에게는 죄송한 말이지만, 다시 한 달 전으로 돌아간다 해도 우리는 또 담을 넘을 것이다. 어쨌거나 담을 넘었기 때문에 인호네 가족의 고생이 끝났으니까. 어른들에게 상의? 어른들이 해결하지 못했기 때문에 우리가 나선 게 아닌가. 방법이 잘못됐다는 건 안다. 하지만 그 방법이 아니었다면 인호는 아직도 '어제 네가 버린 물을 아래층 사람들은 알고 있다'는 글귀를 보며 세수를 하고 이를 닦고 있을 터였다. 빨래도 샤워도 못 하는 불편을 감수하며. 친구를 위하는 일에 정학쯤이야. 엄마만 아니라면 정학쯤 열 번이라도 당할 수 있다. 그런데 설마 정학보다 심하진 않겠지? 무기정학? 퇴학? 그런 것들은 생각만으로도 모골이 송연해졌다.

"요청은 한다만, 재수사 결정이 나기까지 쉽지는 않을 거다. 명확한 증거가 있어야 하니까. 자칫 자승자박이 될 수도 있다. 범인 잡자고 시작한 일이 너희들만 다치게 할 수도 있다는 뜻이다. 그렇게 된다고 해도 후회하지 않겠니?"

"아버님이 계시잖아요. 아버님이 범인도 잡고 저희도 지켜 주실 거라고 굳게 믿고 있습니다."

강단에 선 연설자처럼 만하가 오른 주먹을 불끈 쥐며 말했다. 그 과장된 포즈나 표정보다도 자연스럽게 나오는 '아버님' 소리가 더 가소로웠다. 엊그제까지만 해도 '아빠'가 또 출장 갔다고 칭얼대던 놈이 오늘은 어른처럼 보이기 위해 기를 쓰고 있었다. 만하의 그 같잖은 말투나 과장된 진지함이 달이 부모님의 눈에는 오히려 귀여워 보이는 모양이었다. 두 분이 동시에 미소 지었다. 달이 아버지는 목소리마저 부드러워졌다.

"정상참작은 될 거다. 원인 제공을 그쪽에서 했고, 또 범인을 잡겠다는 너희들의 의지나 노력이 가상하기도 하니."

"네. 잘 알겠습니다, 아버님."

눈치 없이 만하가 한 번 더 도발했다. 나는 끝내 참지 못하고 웃음을 터뜨렸다. 인호와 달이도 키득거렸다. 웃지도,

표정의 변화도 보이지 않는 사람은 밤이뿐이었다. 밤이는 이 일에 관심이 없어 보였다. 달이 아버지의 설교에 우리가 주눅 들어 있을 때도 혼자만 심드렁했다. 조사 과정에 참여 안 한 건 그렇다 쳐도 범인이 잡히든 말든, 우리가, 아니 동생 달이 가 어떻게 되든 상관없는 것일까. 한데 섞이지 못하고 겉도는 딸을 아버지도 눈치챈 것 같았다. 우리가 웃음을 그치자 달 이 아버지가 물었다.

"밤이도 함께한 일이니?"

우리는 서로를 곁눈질하며 눈치만 보았다.

"뭘요? 남의 집에 몰래 들어간 거요?"

달이가 조심스럽게 되물었다.

"조사 말이다."

"그럼요. 다 같이 했죠. 그런다고 말씀 드렸잖아요."

달이가 능청스럽게 대답하고 우리가 맞장구쳤다. 밤이는 침묵으로 일관했다.

"아무리 학생이라지만 공부가 최우선 순위가 될 수는 없 다. 공부보다 더 중요한 게 더불어 살아가는 것이다."

달이 아버지가 누구에게랄 것도 없이 말했다. 우리는 고개 를 끄덕이고 그럼요, 맞아요, 다시 한 번 맞장구쳤다. 조마조 마한 마음으로 지켜보았지만 밤이는 끝내 한 마디도 하지 않았다. 나는 때때로 밤이의 머릿속이 궁금했다. 무슨 생각을 하는지, 관심 분야는 무엇인지, 그리고 나에 대해선 어떻게 생각하는지. 만하나 인호, 달이가 투명한 유리잔이라면 밤이는 도자기로 만든 잔에 비유할 수 있을 것이다. 뚜껑을 열어 보기 전에는 안에 무엇이 들어 있는지 절대 알 수 없는. 어쩌면 그래서 더 끌리는 것인지도 모르겠지만.

"인호라고 했니? 부모님께 미리 말씀드려라. 부실 공사에 대해 형사들이 물을 거다. 너희들도 조사를 받아야 할 거고."

"네."

밤이를 제외한 우리 넷은 군기가 바짝 든 채 대답했다. 달이의 어머니가 자리에서 일어나더니 부엌으로 갔다. 그리고 조금 뒤에는 저녁을 먹자며 우리를 불렀다. 사실은 한참 전부터 부엌에서 맛있는 냄새가 풍겨 오고 있었다. 그래도 우리를 저녁 식사에 초대할 줄은 몰랐는데, 역시 달이 어머니 멋지시다.

"그 전에 하나만 묻자."

주섬주섬 일어서던 우리는 도로 주저앉았다. 달이 아버지의 표정이 다시 험악해져 있었다.

"너희들 넷이 한 반이라고 했지? 밤이만 다른 반이고. 그럼 모를 수도 있겠는데⋯⋯."

"무슨 일인데요, 아버님?"

만하가 재빨리 물었다.

"몇 달 전부터 우리 집 앞을 서성이는 놈이 있다. 지금 생각해 보니 밤이가 학원에서 돌아올 시간쯤이었던 것 같다. 처음엔 별놈 아니라고 생각해서 그냥 지나쳤고, 나중 한두 번은 아무래도 이상해서 잡으려고 나갔는데 그새 도망가고 없더라."

"그래서요? 결국 못 잡으셨어요?"

이번에도 만하였다.

"그 뒤로 나타나지 않았다. 눈치를 챈 모양이야."

"아아, 이런 변태놈! 그런 놈은 또 오는 법이에요. 안심시켜 놓고 뒤통수친다고요."

"그래서 말인데, 혹시 짐작 가는 놈 없니? 내 생각엔 고등학생일 것 같은데…… 학교에서 밤이 따라다니는 놈 없어? 재한텐 물어도 모른다고만 하니 참. 사실 이런 일은 제3자가 더 잘 아는 법이기도 하고."

"걱정 마세요. 내일부터 알아볼게요. 아니, 오늘 밤부터 탐문 수사 들어갑니다. 제가 잡아 드릴게요."

"그래 주면 더 좋고."

"그런데 혹시 그 변태놈 얼굴은 보셨어요? 키는요? 체형은 어때요?"

"얼굴은 멀어서 제대로 못 봤고, 키랑 체형은 꼭 애들만 했지, 아마?"

달이의 아버지가 '애들'로 인호와 나를 가리키는 순간 나는 딸꾹질을 시작했다. 얼굴도 새하얗게 질렸을 것이다. 부들부들 떠는 손을 들키지 않기 위해 두 손으로 꿇어앉은 무릎을 꽉 움켜잡았다. 그 순간만큼은 너무나 담대해서 숨 한번 흐트러지지 않는 밤이가 존경스럽기까지 했다. 게다가 끝까지 내 이름을 말하지 않았다니 눈물이 날 만큼 고마웠다.

"애들은 아니니 안심하십시오, 아버님. 몸만 고등학생이지 정신연령은 아직 중학생이니까요. 이거 보세요. 변태놈 소리에 벌써 겁에 질렸잖아요."

만하가 너스레를 떨었다. 뒤이어 너털웃음을 터뜨렸다. 그런 만하를 보며 믿음직스럽다는 듯 미소 짓는 달이의 아버지. 아니, 밤이의 아버지.

"너희들만 믿으마."

"저만 믿으십시오, 아버님. 혹시 둘째 따님 따라다니는 변태놈은 없나요?"

"글쎄, 달이는 못 본 것 같은데."

"그럼 다행이고요."

뭐가 그렇게 좋은지 만하가 헤벌쭉 웃었다. 밥을 먹으면서도 잠시도 쉬지 않고 아버님, 어머님, 해 가며 떠들어 댔다. '변태' 얘기가 나온 뒤부터 달이는 뭔가를 골똘히 생각하는 표정이었고, 인호는 '부모님'과 '부실 공사' 얘기가 나온 뒤부터 얼굴에 걱정이 가득했다. 그리고 나로 말할 것 같으면 기계적으로 입속으로 밥을 밀어 넣고는 있었지만 그 맛은 전혀 느끼지 못했다. 그만큼 충격이 컸다. 보고 싶은 얼굴을 보기 위해 집 앞에서 기다린 일이 '변태 짓'으로 매도당하다니. 그게 이놈 저놈 소리 들을 만큼 큰 잘못이었다니.

밤이도 그렇게 생각하는지 궁금했다. 바로 맞은편에 밤이가 앉아 있었다. 반찬을 집는 척하며 틈나는 대로 힐끔거렸지만 밤이는 시선을 내리깐 채 조용히 밥만 먹었다. 말을 걸 기회는 더욱 없었다. 아직 '공식적인' 식사 자리가 끝나기도 전에 밤이는 다 먹었다며 자기 방으로 들어가 버렸다. 손님들을 두고. 우리가 간다고 인사할 때도 나오지 않았다.

집으로 돌아가는 길에 결국 만하에게 물어보았다. 정말 그렇게 생각하는지. 단순히 궁금해서 묻는 것인 양.

"당연하지, 인마. 세 살 버릇 여든까지 간다는 말도 있잖아. 그런 놈이 나중에 스토커 된다고. 싹을 잘라야 해."

"그래도…… 집 앞에서 좀 서성였다고 변태라는 건 좀 심한 것 같아서……."

"너도 결혼해서 딸 가진 부모 돼 봐. 하긴 네가 뭘 알겠냐. 아직 어린놈이."

"그런데 너 말이야. 왜 이렇게 흥분해? 혹시 밤이…… 좋아하냐?"

기어이 묻고 말았다. 진작부터, 그리고 또 하나 궁금했던 것을.

"밤이? 그 까칠한 애를? 밤이하고 눈만 마주쳐도 난 오금이 저린다."

"좀 전엔 아주 신이 났던데?"

"그럼 우냐?"

"암튼 아부 하나는 타고났다."

"못 하는 놈이 바보지. 그리고 아부가 아니라 애교란다, 어린 녀석들아. 이 형님 하는 거 보고 좀 배워라."

그렇게 말하며 만하가 인호와 내 어깨에 팔 하나씩을 척 걸쳤다. 나는 주먹으로 만하의 배를 갈겨 주었다. 인호는 그냥 웃고만 있었다. 배를 맞으면서도 만하는 우리에게서 떨어져 나가지 않았다. 오히려 한술 더 떠 인호와 내 어깨에 대롱대롱 매달리기까지 했다. 졌다, 졌어. 만하를 매단 채 몇 분쯤 더 걸었다. 주택가를 빠져나와 큰길가에 도착할 때까지.

마트 앞에 차를 세우고 내리는 엄마를 만날 때까지. 나보다
먼저 엄마를 발견한 만하가 쪼르르 달려가며 외쳤다.

"어머님!"

도전과 응전

17

8월 20일, 개학을 했다. 장 노인의 시신이 발견된 날로부터 꼭 한 달이 흘렀다. 만하와 인호, 달이와 나의 여름방학을 몽땅 바쳐 진실을 쫓아다녔지만 아직도 갈 길은 멀고도 험난했다. 우리는 다 같이, 혹은 한 명씩 돌아가며 수시로 경찰서로 불려갔다. 불려가서는 기약 없이 기다렸다. 그렇게 기다리고 있으면 꼭 처음 보는 형사가 다가와 무슨 일로 왔는지 물었다. 사실대로 말해 주면 잘하면 훈계, 아니면 꿀밤을 먹이고는 느끼한 웃음을 흘리며 멀어졌다. 간신히 담당 형사를 만난다 하더라도 어려움이 끝나는 건 아니었다. 형사는 질리지도 않는지 물은 걸 또 물었고 나는 같은 대답을 반복해야 했다. 앞선 진술과 단어 하나만 달라져도 형사는 매의 눈을 하고서는 꼬치꼬치 이유를 캐물었다. 사람이 기계도 아니고 어떻게 토씨 하나 틀리지 않고 반복할 수 있습니까, 따위의 항변은 통하지 않았다.

순사는 때려 조지고, 검사는 불러 조지고, 간수는 세어 조지고, 판사는 미루어 조지고, 죄수는 먹어 조지고, 마누라는 팔아 조진다.

불러 놓고 정작 본인은 다른 일을 하느라 거들떠보지도 않는 형사를 기다리며 경찰서 한쪽 구석에 앉아 있는 동안 나는 어릴 적 엄마의 책에서 읽은 이 구절을 곱씹고 되뇌었다. 내용은 전혀 기억나지 않음에도 이 구절만큼은 생생한 걸 보면 아마 그만큼 충격이 컸던 모양이었다. 죄수가 된다는 건 이런 것이구나, 생각했던 기억이 난다. 책 속 배경은 1970년대, 그리고 지금은 2014년이지만 달라진 건 별로 없어 보였다. 나는 이 구절에 하나를 더 추가했다. 형사는 물어 조진다.

학교 측에서 최대한 편의를 봐주었음에도 불구하고 하도 불려 다녀서인지 학생들 사이에 금방 소문이 퍼졌다. 아이들에게는 영웅, 선생들에게는 문제아, 형사들에게는 초범, 가족에게는 골칫덩이가 최근 우리가 처한 위치였다. 만나는 사람에 따라 대접이 판이하게 달라졌으므로 우리는 정체성에 혼란을 겪지 않을 수 없었다. 영웅 행세를 하다가도 금방 고개를 떨어뜨리고 잘못을 뉘우치는 문제아를 연기해야 했으니 그럴 수밖에 없었다.

우리의 그 같은 고생에 비해 성과는 미미했다. 달이 아버지의 예상대로 재수사 결정은 쉽게 떨어지지 않았다. 담당 형사는 검사 핑계를 댔다. 검사는 방송 핑계를 댔다. 우리가 의심하는 사람이 효도와 기부의 아이콘으로 매스컴을 타면서 너무 유명해져 버렸다는 것이고, 자칫 여론의 뭇매를 맞을 수도 있으므로 신중을 기해야 한다는 것이었다.

"심증은 가지만 확실한 물증이 부족한 상태다. 초동수사라면 몰라도 재수사 결정은 신중해야 한다. 그래도 너무 실망하지는 마라. 부실 공사 건으로 김승우를 소환해 놓은 상태니까 장문규 사건을 비공식적으로 조사해 볼 수 있을 거다."

검사의 답변이었다. '비공식적'으로나마 조사 의지를 끌어낸 데는 달이 부모님의 입김도 한몫했다. 올해 임용되어 생애 첫 사건을 맡았다는 검사는 달이 부모님의 제자였다. 달이 부모님은 우리를 믿었고, 검사는 달이 부모님을 믿었다.

"두 분은 내 인생 최고의 스승님이셔. 두 분한테서 좋은 스승, 화목한 가정의 모습을 볼 수 있었지. 내가 삐뚤어지지 않고 정의를 지키는 사람이 된 것은 두 분의 헌신적인 노력 덕분이라고 할 수 있어. 우리 부모님이 허구한 날 싸우는 바람에 선생님 댁으로 자주 피난을 갔었지. 그래서 밥도 많이 얻어먹었고. 두 분이 내 부모님이라면 얼마나 좋을까, 이런 생각도 많이 했단다."

달이 부모님을 두고 검사가 한 말이었다. 사회 초년생의 패기와 치기가 동시에 느껴지긴 했지만 우리는 검사를 믿었다. '정의를 지키는 사람'이라는 말에 기대를 걸었다. 그리고 겉으로는 평화로운 척 학교에 다니며 초조하게 결과를 기다렸다. 그 일이 일어나기 전까지는.

만약 그 일이 일어나지 않았다면 결과가 어떻게 되었을까. 검찰의 조사에 불안을 느낀 김승우가 섣부른 행동을 하지 않았다면. 물론 누구도 예측하기 어렵다. 하지만 김승우는 움직였고, 그것이 되려 그를 옭아매는 포승줄이 되었다. 그 와중에 가장 큰 피해를 입은 사람은 바로 나였다. 몸의 상처를 말하는 게 아니다. 그동안 누렸던 모든 자유를 박탈당했다는 뜻이다. 처음부터 내 것이 아니었던, 형의 희생 덕분에 어부지리로 얻었던 자유를 내 힘으로 되찾는 데는 무려 석 달이나 걸렸다. 그러니까 나는 2학기 내내 누군가의 감시 속에서 살았다는 것이고, 그 감시에서 벗어나기 위해 치열하게 투쟁했다는 뜻이다.

자유를 잃은 지 꼭 석 달 되던 2015년 1월 1일, 나는 아우내 장터에 선 유관순의 심정으로 '한음독립만세'를 외쳤다. 비록 군중이 아닌 구경꾼 세 명에, 아우내 장터가 아닌 우리 집 거실에서이긴 했지만. 그러나 비상한 마음과 독립에의 염원만큼은 유관순과 동일했으리라. 만세 사건으로 열여덟 살 동갑내기 유관순은 감옥으로 잡혀갔으나 나는 꿈에 그리던 자유를 쟁취했다. 점점 이상해져 가는 아들을 더 이상 두고 볼 수 없었던 부모님이 결국 항복을 선언한 것이다. 한음 만세다!

18

형사에게서 메시지가 도착한 것은 자정 무렵이었다. 지금 바로 장 노인의 집으로 오라고 했다. 다음 날 쪽지 시험을 준비하던 나는 곧장 답장을 보냈다.

'지금요? 열두 시에요?'

의아하지 않을 수 없었다. 아무리 성격 괴팍한 형사라 해도 밤 열두 시에 경찰서도 아닌 장 노인의 집으로 오라는 건

이해가 되지 않았다. 금방 답장이 왔다.

'네가 피해자의 집으로 들어갔다는 시간이다. 확인할 게 있으니 혼자 조용히 와 주길 바란다.'

책상 앞에서 일어나 옷을 갈아입었다. 나중에 형사는 어떻게 그 시간에 아무런 의심 없이, 그것도 시킨다고 정말 혼자 갈 수 있었느냐고 어이없어 했지만 그 순간의 나는 솔직히 말하면 형사의 열정에 감복한 나머지 의심은커녕 기다리게 하는 게 미안해서 5, 6백 미터나 되는 길을 한 번도 쉬지 않고 뛰어갔다. 무단 횡단을 일삼으며. 장 노인의 집에서 내가 느낀 감정을 형사도 느끼길 바랐고, 진정한 수사는 피해자의 입장이 되어 보는 것이라고 생각하기도 했다. 오죽 수사가 안 풀리면 밤 열두 시에 피해자의 집으로 오라는 것일까, 안타깝기도 했다. 〈살인의 추억〉에서도 그러지 않던가. 범인을 못 잡아 답답해진 형사들이 점쟁이를 찾아가고, 남의 무덤 앞에서 절을 하고 말이다. 이 형사도 같은 심정일 거라고 생각했다.

숨을 헐떡이며 언덕배기 집 앞에 도착했다. 대문이 잠겨 있어서 담을 넘었다. 집 안에서 희미한 불빛이 새어 나왔다. 현관문은 잠겨 있지 않았다. 조용히 문을 열고 안으로 들어갔다. 거실 탁자 위에 놓인 손전등이 현관 쪽을 비추고 있었다. 형사는 보이지 않았다. 안쪽으로 한 걸음 내딛는 순간 뭔가가 내 등을 후려쳤다. 나는 쓰러졌고, 둔탁한 소리를 내며 눈앞으로 떨어지는 것을 바라보았다. 순경들이 주로 들고 다니는 곤봉이었다. 누군가의 발이 그 곤봉을 걷어차 거실 구석으로 날려 보냈다.

"맨손으로 상대해 줄 테니 얼른 일어나라, 꼬마야."

보지 않아도 알 수 있었다. 지난번에 만났을 때보다 더 낮고 더 음산했지만 김승우의 목소리가 분명했다. 상체를 받친 팔에 소름이 돋았다. 나는 간신히 일어나 앉았고 김승우를 올려다보았다. 검은 모자를 쓰고 검은 장갑을 낀 그가 검은 마스크를 턱까지 내리며 말했다.

"고작 이 정도에 쓰러지면 내가 너무 실망스럽지 않겠니. 얼른 일어나거라, 아이야."

"등이 너무 아파요."

나는 아마 그렇게 말했을 것이다. 믿을 수 없고 믿고 싶지 않았지만 기억 속을 아무리 뒤져 보아도 다른 말은 찾아지지 않았다. 평소 의협심과 의리, 기개를 신봉하던 내가, 견자단과 이연걸, 이소룡을 동경하던 내가 그처럼 나약한 말을 했다는 게 그날 이후 꽤 오랜 동안 나를 절망시켰다.

"아프라고 때린 거야. 어린놈의 새끼가 아직 매운맛을 덜 본 것 같아서. 지금부터 제대로 보여 줄게."

"내 전화번호는 어떻게 알았어요?"

목숨이 오락가락하는 위급한 상황에서도 나는 고작 그런 것이 궁금했다.

"네가 썼다는 그 보고서에 친절하게도 네 전화번호가 적혀 있더구나."

"난 쓴 적 없는데……."

"입 다물고 배에 힘이나 주거라."

김승우가 내 멱살을 잡아 일으켰다. 반쯤 일어선 순간 단단한 주먹이 복부를 파고들었다. 나는 다시 쓰러졌고, 다시 일으켜 세워졌다. 쌀보리 게임을 할 때처럼 김승우의 주먹이 내 배 속을 들락날락했다.

"나한테 왜 이래요?"

"네가 날 귀찮게 하니까. 난 다만 조용히 살고 싶을 뿐인데 네가 자꾸 건드리잖니. 그건 나쁜 짓이란다. 그럼 당연히 벌을 받아야겠지? 넌 지금 벌을 받고 있는 거야."

"아저씨가 죽였잖아요. 아저씨가 죽인 거 맞잖아요."

"경찰 발표 못 들었니? 그 영감은 저 혼자 쓰러진 거야. 현기증이 났거나 다리 힘이 풀렸겠지. 아니다. 너희들이 죽였을 수도 있겠구나. 그날 밤에 봤다며? 도둑질하다 들켜서 죽인 거지?"

"아니에요."

"너희들이 죽였다 해도 난 가만히 있을 거야. 떠들지 않을 거라고. 왜? 난 조용히 살고 싶으니까."

말을 하는 동안에도 김승우의 주먹은 쉬지 않았다. 숨 쉬기조차 힘든 그 순간에도 내가 궁금해했던 건 왜 배인가, 였다. 등도 있고 다리도 있는데 왜 배만 때리는지 알 수 없었다. 계속 같은 데만 맞으니 죽을 만큼 아팠다.

"경찰에 가서 말하거라. 다 거짓말이라고. 이 집에서 발견했다는 달력은 사실 네 거야. 네가 만들었고 네가 썼어. 넌 소설가가 되는 게 꿈이지. 어느 날 티브이에 나온 나를 봤어. 내 얘기를 들었어. 영감의 인생에 흥미가 생겼지. 세상과 단절할 만큼 끔찍한 몰골, 의문의 죽음, 미스터리한 과거, 구미가 당기지 않을 수 없었어. 잘하면 물건이 되겠다 싶었던 거야. 그래서 넌 나를 인터뷰하고 실제 사건의 증거들을 조작하기 시작했지. 처음엔 너의 꿈을 위해 시작한 일이었지만 점점 넌 현실과 허구의 교착 상태에 빠지게 된 거야. 헷갈리게 된 거지. 게다가 넌 사람들이 너의 글에 속아 넘어가는지 아닌지 미치도록 궁금했어. 왜 아니겠어. 소설가가 꿈인데. 그렇게 해서 태어난 게 '보고서'라는 제목의 추리소설이지. 그런데 어라? 똑똑해 보이는 어른들이 다 믿네? 이렇게 쉽게? 세상 참 별거 아니군. 넌 자신만만해졌지. 그래, 이해해. 넌 능

력을 인정받았어. 열일곱에 그 정도면 아주 훌륭해. 넌 천재
야. 달력은 정말이지…… 나조차도 깜빡 속을 뻔했으니까.
넌 분명 나중에 위대한 소설가가 될 거야. 하지만 지금은 여
기까지. 이제는 모든 걸 원상태로 돌려놓을 시간이야. 허구에
서 현실로 돌아올 시간이라고. 가서 말해. 모든 건 상상에 불
과하다고. 머릿속 각본에 따라 네가 만들어 낸 거라고. 경찰
들을 번거롭게 했으니 아마 조금은 혼이 날 거야. 그래도 나
를 다시 만나는 것보다는 나을걸? 왜? 내 말을 듣지 않으면
넌 날 또 만나게 될 테니까. 내 얼굴을 다시 보는 날, 넌 죽는
다. 다음에 만나면 난 널 죽일 거다. 명심하거라. 아참, 오늘
일은 우리 둘만의 비밀이야. 알지?"

　해 줄 말이 있었는데, 입술이 너무 무거웠다. 입을 벌리려 해
봐도 꿈쩍도 하지 않았다. 눈꺼풀도 점점 내려앉았다. 소설은
오히려 당신이 써야 할 것 같다고 비웃어 줘야 하는데…… 그
런데 몸이 왜 이렇게 무겁지…… 배만 맞았을 뿐인데…… 평소
에 싸움 좀 할걸……. 그 생각을 끝으로 정신을 잃었다. 김승
우가 나가는 소리도 듣지 못했다. 내 정신은 거실 바닥을 뚫
고, 땅을 뚫고, 끝없이 아래로만 가라앉고 있었다.

　잠깐 정신이 돌아온 것은 바지 주머니 속 핸드폰 진동 때
문이었다. 힘겹게 팔을 뻗어 핸드폰을 꺼냈다. 전화를 받자

마자 누군가가 소리쳤다.

"어디야? 왜 전화 안 받아? 학교야?"

엄마였다. 나는 우물우물, 내가 있는 곳을 말했다.

"어디라고? 학교 간 거 아니었어? 목소리가 왜 그래?"

"장문규……."

핸드폰을 움켜쥔 채 나는 다시 정신을 잃었다.

바로 눈앞에 있는 듯 엄마의 얼굴이 클로즈업되어 보였다.
마치 볼록렌즈를 장착한 카메라로 들여다보는 것처럼 엄마
의 얼굴이 볼록……, 눈을 감았다가 조금 후 다시 떴다.

"정신이 들어? 한음아! 정신이 드니?"

내 눈이 잘못된 게 아니었다. 엄마가 내 눈앞으로 얼굴을
바짝 들이대고 있었다.

"엄마……."

"왜? 목마르니? 물 줄까?"

"좀 치워."

"뭘?"

"얼굴. 부담스러워."

"넌 깨어나자마자 농담이니? 엄마는 너 때문에 죽는 줄 알
았다."

"미안해, 엄마."

"형사들 다녀갔어. 그런데 그거 사실이니? 정말 네가 그 노인네 죽음을 파헤친 거야?"

"응. 애들하고 같이."

"이젠 하다하다…… 네가 경찰이야 뭐야? 왜 네가 나서? 어른 할 일 있고 애들 할 일 따로 있지, 너희들이 뭐라고 그 위험한 일에 나서? 경찰에 말하기 뭣하면 엄마한테라도 말했어야지."

엄마의 잔소리가 이어졌다. 이럴 줄 알고 그동안 숨겼던 것인데, 이젠 다 끝났다. 엄마는 두고두고 이 일로 나를 괴롭힐 것이다. 얼굴을 찡그리며 신음 소리를 냈다. 효과가 있었다. 엄마의 잔소리가 멎었다. 나는 눈을 감았고, 한없이 느리고 낮은 엄마의 한숨 소리를 들었다. 시계의 초침 소리, 냉장고가 내는 소리, 문밖에서 슬리퍼 끄는 소리에 뒤섞여 김승우의 목소리가 들려왔다.

우리 둘만의 비밀이야. 알지?

배가 욱신거렸다. 뭔가가 잘못된 것인지 술 마신 다음 날처럼 구역질이 났다. 그럴 때마다 침을 삼켜 간신히 가라앉혔다. 목이 따끔거렸다. 가만히 누워 있는데도 어지러웠다.

"의사 불러올까?"

엄마의 말 사이로 다시 김승우의 목소리가 들렸다.

내 얼굴을 다시 보는 날, 넌 죽는다.

"좀 괜찮니?"

엄마가 물었다. 이렇게 가까이에서, 오랜 시간 엄마의 얼굴을 들여다본 적은 없었다. 안경알 너머로 물기 때문에 유난히 반짝거리는 엄마의 눈동자가 보였다. 그 눈동자에 비친 나도 보였다. 흑백의 조그마한 내가. 까맣고 작아서인지 마치 태아 같았다.

"형사 아저씨 좀 불러 줘, 엄마."

"나중에. 지금은 일단 쉬고."

"마음 변할지도 몰라."

"그러면 더 좋고."

"안 돼."

"너만 생각해. 아니, 엄마를 생각해. 엄만 너 없으면 못 살아."

"미안, 엄마."

"일단 한숨 자자."

"잘 만큼 잤어."

"정말 이럴 거니?"

"엄만 아들이 이렇게 다쳤는데 화도 안 나? 범인 안 잡을 거야? 엄마라는 사람이 뭐 이래?"

"한 번 테러한 사람이 두 번은 못할 것 같니? 네가 또 다치는 것보단 범인 안 잡는 게 나아. 너 깨어나면 바로 연락하라더라, 형사들이. 엄마도 짐작하고 있어. 그 노인네 사건과 관련된 사람 맞지? 제발 한음아…… 그냥 잊자……."

"나도 그러고 싶은데, 그러면 안 되는 거잖아."

"안 되는 게 어딨어. 넌 다쳤고, 휴식이 필요해. 형사한테 얘기 다 들었어. 넌 할 만큼 했어. 이제부턴 형사들이 알아서 할 거야. 그러니 신경 끊어. 응? 한음아…… 제발 한음아……. 엄만…… 아들을 또 잃고 싶지 않아……."

19

24시간 나를 근접 경호하겠다는 형사의 확답을 듣고서야 엄마는 물러났다. 형사들과 아이들이 모두 있는 자리에서 나는 그날 밤의 일을 얘기했다. 기억력이 허락하는 한 처음부터 끝까지, 하나도 빼놓지 않고. 이야기 중간중간 형사가 질문을 던졌고 나는 보충 설명했다. 폭행 장면에 이르렀을 땐 급기야 엄마가 눈물을 보였다. 만하는 주먹을 움켜쥐었고 달이는 내 손을 꼭 잡아 주었다. 인호는 고개를 떨어뜨렸다. 밤이는 의자에 앉아 어딘가를 멍하니 바라보고 있었다. 밤이에게 나는 어떻게 보일까, 오로지 그것만이 걱정스러웠다. 얻어맞아서 누워 있는 꼴이라니.

"거짓말하라고 시켰단 말이지?"

내 얘기가 끝나자 형사가 물었다. 나는 그렇다고 했다.

"곤봉에 맞았다고 했니?"

"네."

"곤봉 확실해? 장문규 집을 샅샅이 뒤졌는데도 곤봉은 나오지 않아서 말이야."

"곤봉 맞아요. 할아버지 댁에 갈 때마다 동네 형이 갖고 있는 걸 봤어요. 그 형, 경찰이거든요."

"알았다. 김승우 집도 수색해 봐야겠구나. 오늘은 여기까지 하자. 힘들 테니 일단 쉬고, 나중에 다시 부탁하마."

형사들이 돌아갔다. 구석에 앉은 엄마가 기나긴 한숨을 내쉬었다. 결국 이렇게 불효를 하는구나, 싶어서 마음이 착잡

했다. 오성이 형 얘기가 나왔을 때는…… 솔직히 나도 마음이 흔들렸다. 엄마가 아직도 형을 가슴에 품고 있을 줄은 몰랐다. 엄마에게 나는 '둘째' 아들이자 하나 남은 아들이라는 것도.

"오늘을 위해 내가 공무원이 됐나 보다. 너희들, 내가 올 때까지 여기 있을 거지?"

가방을 들고 일어서며 엄마가 말했다.

"그럼요. 어디 가시게요?"

만하가 물었다.

"두 시간쯤 걸릴 거야. 좀 더 늦을 수도 있고."

"걱정 마세요. 오실 때까지 있을게요."

"엄마, 어디 가?"

"너 때문에 구청 간다, 이놈아. 휴직 신청하러."

엄마는 아이들에게 나를 맡긴 채 구청으로 갔고, 나를 간호 및 감시하기 위해 휴직 신청을 했다. 그것도 무려 1년씩이나(그날 만하의 장래희망은 비서에서 공무원으로 바뀌었다. 돈보다는 노는 게 더 좋단다). 감사하다고는 했지만 형사들의 경호를 완전히 신뢰하지는 않았던 것이다. 그리하여 그날 밤부터 나만을 위한 엄마의 장기 감시 체제가 시작되었다. 물론 내가 그리 고분고분, 호락호락한 아이는 아니었다. 나는 빠삐용의 심정을 절절하게 공감하며 끊임없이 탈주를 시도했고 매번 실패했다. 성공했다 하더라도 오래지 않아 엄마에게 잡혔다. 평소 엄마는 치밀과 집요, 명석과는 거리가 먼 사람이었는데 어떻게 갑자기 딴사람이 된 것인지 이해할 수 없었다. 만하 말처럼 정말 전생에 경찰? 잠재되어 있던 능력이 나로 인해 발현? 뭐 어떻게 되었든 말하고자 하는 것은 이것이다.

오른손이 하는 일을 엄마가 알게 하지 마라.

테러 사건 이후 수사가 눈에 띄게 진척됐다. 여론의 눈치를 보느라 저자세로 일관하던 형사들이 강경한 태도로 돌변했고, 한마디로 야성을 회복했고, 수사 인력도 증강되었다. 재수사 결정이 난 것은 물론이다. 설마 정말 할아버지 때문은 아니겠지? 엄마가 전하는 말에 의하면 대쪽 같은 우리 할아버지, 경찰서로 찾아가 아니 쳐들어가 난장판으로 만들어 놓았단다. 책상이 뒤집히고 의자가 날아다니고…… 경찰들이 채 정신을 차리기도 전에, 아니 할아버지를 붙잡기도 전에 이번엔 검찰청으로 찾아가, 아니 쳐들어가 또 난리를 쳤…… 어린아이(?)가 뱃가죽이 시퍼렇게 멍이 들도록 얻어맞아서 다 죽어 가는데(?) 검사라는 작자들이 뭐하고 앉았냐고. 이렇게 놀고먹을 거면 국민들 세금 먹지 말고 당신들 똥이나 먹으라고. 바른말 고운 말만 쓰는 선비인 줄 알았는데, 할아버지의 변신 또한 놀랍지 않을 수 없었다.

나는 가족의 분노에 힘입어 빠르게 회복했고 입원 나흘 만에 퇴원할 수 있었다. 아이들은 매일 집으로 찾아와 어설픈 설명과 함께 그날 필기한 노트를 보여 주었다. 중간고사가 코앞에 다가와 있었다. 시험 생각만 하면 눈앞이 아찔했다. 2학기 내내 다른 데 정신이 팔려 있느라 제대로 수업을 들은 기억이 없었다. 이건 어떻게 선처가 안 될까. 내가 다치는 바람에 정학 처분을 면해 준 것처럼.

"꿈 깨고 공부나 해."

달이의 말이 아니라도 불가능하다는 걸 안다. 성적에까지 선처를 적용한다면 전국의 학부모들이 모두 들고일어날 테니까. 공공의 적이 되는 것보다는 차라리 돌대가리 소리 듣는 게 낫겠다.

대질심문을 위해 경찰서로 나와 달라는 연락을 받은 것은 중간고사를 사흘 앞두고 중압감이 극에 달해 있을 때였다. 엄마는 또 나를 위험에 노출시킨다고 화를 냈지만 나는 오히려 다행이라는 생각을 했다. 잠시라도 시험의 압박에서 벗어날 수 있었으므로. 그러나 엄마에게는 그렇게 말하지 않았다.

"엄마, 생각 좀 해 봐. 이 사건이 마무리되어야 내가 공부에 전념할 수 있지 않겠어? 김승우가 감옥에 가야 내가 안전할 수 있다고. 그러기 위해서는 대질심문에 나가야 해."

뉘 집 아들인지 말 참 잘한다. 엄마는 마지못해 나를 태우고 경찰서로 향했다.

직원의 안내를 받아 작은 방으로 들어가니 김승우가 먼저 도착해 앉아 있었다. 뒤따라 들어온 형사가 배치해 주는 대로 나는 김승우 맞은편에, 엄마는 출입구 쪽 의자에 앉았다. 엄마는 김승우와 나를 번갈아 쳐다보며 불안한 기색을 감추지 못했다. 달려가서 손이라도 잡아 주고 싶었지만 내 몸은 책상 앞에서 꼼짝하지 못했다. 엄마 못지않게 나 역시 긴장하고 있었던 것이다.

"이 사람 누군지 알겠니?"

사진 한 장을 내밀며 형사가 물었다. 그러나 내 눈은 책상 위에 놓인 사진으로 향했다.

"장문규다."

나는 형사가 내미는 사진을 받아 들었다.

"진짜 그 할아버지라고요?"

나도 모르게 그런 물음이 튀어나왔다. 형사가 장문규 맞다고 다시 한 번 확인해 주었다. 그래도 믿어지지 않았다. 담배를 물고 비스듬히 서서 카메라를 쏘아보는 이 사람이 정말 장문규란 말인가. 비쩍 마른 몸에 가무잡잡한 얼굴, 바람에 날리는 짧은 머리카락과 날카로워 보이는 콧날. 어느 건물 앞이었다. 이제 막 그 건물에서 나왔겠지. 나오자마자 담배를 빼물었겠지. 몸을 옆으로 돌려 바람을 막고 불을 붙이는데 누군가가 '사장님 여기 보세요', 고개를 돌리는 순간 찰칵! 마흔 살쯤 돼 보이는 장문규였다. 말로만 들었던, 전설로만 전해지던 장문규가 이렇게 생겼었구나. 연화동의 마귀니 괴물이니 하는 별명과는 참으로 어울리지 않게도. 인터넷에 떠돌던 사진과 동일 인물이라고는 도저히 믿을 수 없을 정도로.

나는 책상 위의 사진들을 내려다보았다. 거기에 또 다른 장문규가 있었다. 노인이 소파 위에 웅크리고 앉아 있었다. 이어지는 장면인 듯, 마르고 작은 노인이 소파 위에 웅크리고 앉아 손으로 얼굴을 가리고 있었다. 방에서 나오다 카메라를 보고는 흠칫 놀라는 모습도 보였다. 욕실에 쪼그리고 앉아 뭔가를 빨다(걸레?) 누군가 부르는 소리에 돌아본 순간 카메라를 발견하고는 깜짝 놀라는 모습도 있었다. 그 사진에서 장 노인의 눈은 각막을 찢고 튀어나올 듯 커다래져 있었

다. 잘 때 찍힌 듯한 사진을 빼고는 하나같이 카메라를 피한
다는 인상을 주었다. 붉은 반점과 종기로 뒤덮인, 발병 후의
모습들이었다. 모두 김승우의 집에서 나온 사진들이라고 했
다. 세면대 거울까지 없앤 노인을 이렇게 찍어대다니 악취미
라 해도 너무 고약하다는 생각이 들었다.

"의사에게 보이기 위해 찍은 겁니다. 괴롭히기 위해서가 아
니라고요. 죽어도 병원엔 안 가겠다고 하니 이렇게라도 해야
지 어떡합니까."

이유를 묻는 형사에게 김승우가 대답했다. 거짓말이었다.
노인은 병원에 가지 않겠다고 한 적이 없었다. 뒤늦은 발병이
원망스러웠던 만큼 치료에의 의지도 강했다. 발병 석 달 뒤
노인은 이렇게 적어 놓았다. 물론 달력에 말이다.

이길 수 있다. 이길 거다. 이긴다.

"그렇게 끔찍이 노인을 위한 사람이 약은 왜 다른 걸 사 갔
을까?"

형사가 말했다.

"무슨 소립니까. 난 병원에서 준 처방전대로 샀어요."

"우겨도 소용없어. 병원 처방전과 네가 약국에 건넨 처방전

이 다르다는 거 이미 확인했어. 차도가 없게 해서 계속 집에 가둬 두려고 그런 거잖아."

"아닙니다. 난 사장님을 위해 최선을 다했어요."

"최선을 다한 건 그게 아니지. 이 학생 알지? 네가 폭행하고 협박한. 최선을 다해 진실을 덮으려고 말이야. 이 학생이 사건을 캐고 다니니까 겁이 났겠지. 아무리 그래도 아직 어린 학생을 그렇게 때리면 쓰나. 요즘은 우리도 범죄자 안 때려. 너 폭행한 사람이 이 사람 맞지?"

"네. 맞아요."

"그날 밤 일을 한 번 더 말해 주겠나?"

나는 설명했고, 김승우는 내내 핏발 선 눈으로 나를 노려보았다. 직접적인 피해자인 나의 진술과 형사의 추궁에도 불구하고 김승우는 끝까지 범행 일체를 부정했다. 어이없게도 오히려 내가 진짜 범인이라고, 도둑질하러 들어갔다가 들키는 바람에 죽였을 거라고, 자신에게 죄를 덮어씌우고 있다고 주장했다. 폭행은 물론 협박도 한 적이 없고 그날은 다른 도시로 출장을 가 있었다는 거짓말도 서슴지 않았다. 지갑에서 고속버스 티켓을 꺼내 보여 주었고, 자신이 묵었다는 모텔 이름을 대며 확인해 보라고도 했다.

"알리바이 만드느라 고생은 했는데…… 이거 어떡하나, 기사님이 다 불어 버렸네? 그 시간에 대전 — 서울을 택시로 왕복이라…… 누가 봐도 이상하잖아. 당신 얼굴을 기억하고 있더라고. 역시 유명인사야."

"증거 있습니까? 택시기사가 정말 나를 본 게 맞답니까? 고속도로는 어둡고 택시 안은 더 어둡죠."

"이럴 줄 알고 하나 더 준비했지. 여기 곤봉. 고속도로 휴게소에서 버렸지? 기사가 휴게소에서 한 번 쉬었다는데 아무래도 이상하더라고. 서울에서 대전까지 택시로 가면 금방이잖아. 딱 감이 왔지. 쓰레기통 죄 뒤져서 이거 찾느라 아주 죽을 뻔했어. 곤봉에서 네 지문이 나왔을까 안 나왔을까. 물론 나왔지. 절대 못 찾을 거라는 생각에 지문도 안 지우고 버렸으니까. 내 말 맞지?"

20

살인과 폭행, 부실 공사, 공금 횡령, 이렇게 네 건에 대해 기소당한 김승우가 첫 재판을 받는 날 나는 엄마의 차를 타고 김포로 갔다. 그곳 추모공원에 장 노인의 유골이 안치되어 있었다. 한 번은 만나야 했고, 만나고 싶었다. 만하와 인호, 달이도 함께였다. 밤이도 동행하려 했지만 탈 자리가 부족했다. 결국 밤이 스스로 물러났다. 이런 말과 함께.

"너희들끼리 갔다 와. 음반 훔친 거 용서 빌어야지, 난 아니지만."

평일 오후였고, 막바지 가을볕이 따사로운 날이었다. 학교를 벗어나 차를 타고 어딘가로 간다는 것만으로도 아이들은 한껏 들떠 있었다. 역시 조퇴하니 좋구나. 만하가 너스레를 떨었다. 다행히 엄마는 못 들은 척했다.

"시간이 엄청 흐른 것 같아. 기껏 4개월 전인데."

차창 밖에 시선을 둔 채 달이가 말했다.

"뭐가?"

눈치 없이 만하가 물었다.

"우리가 그 집에 들어갔던 거."

"그동안 어찌나 많은 사건들이 있었는지 나는 전생의 일 같다 야. 생각하면 지금도 살 떨려. 범인이 잡혔으니 망정이지 우리가 누명이라도 썼으면 어쩔 뻔했어. 솔직히 우리가 용서를 빌 게 아니라 할아버지가 우리한테 고맙다고 해야지. 우리 덕분에 범인 잡았잖아."

"말은 바로 하셔. 우리 덕분이 아니고 한음이 공이지. 한음이가 달력 발견 안 했으면 재수사도 없었을 거야."

"무슨 말이 그래? 김승우랑 동네 사람들 인터뷰는 내가 다 했어. 거기서 힌트 안 얻었으면 한음이가 그 집에 다시 들어갈 일도 없었지."

"그래그래, 너희들 공이다. 특히 만하 너."

"알긴 아는구나. 그래도 넌 맞느라 고생했다."

만하가 큰 소리로 웃었다. 엄마가 백미러로 만하를 흘겨보았다.

"만하 너, 앞으로 우리 한음이 안 보고 싶니?"

"죄송합니다, 어머님."

만하가 즉각 꼬리를 내렸다.

추모공원에 도착했다. 엄마는 차에 남고 우리 넷만 추모관으로 들어갔다. 안내 데스크에서 알려 준 대로 삼층으로 향했다. 조용한 복도에 우리 발소리만 따각따각 울렸다.

"여기야. 난초실."

달이가 앞장서서 들어가고 만하와 인호, 그리고 내가 뒤를 따랐다. 관을 세 개쯤 이어붙인 것 같은 좁은 공간에 우리 넷이 들어가니 발 하나 옮기기도 힘들 정도로 꽉 찼다. 우리를 위해 양보해 준다며 만하가 밖으로 나갔다. 그제야 움직임이 조금 자유로워졌다.

안치단 위에는 덩그러니 위패와 유골함만 놓여 있을 뿐이었다. 꽃 한 송이, 사진 한 장 없었다. 이곳에 도착해 다른 추모실을 본 뒤에야 달이는 꽃을 사 오지 않은 것을 후회했다. 안타까워하는 달이에게 내가 말했다.

"여기 다시 안 올 거잖아. 시든 꽃 치워 줄 사람도 없는데 안 사 오길 잘했어."

나는 가방에서 음반과 사진을 꺼내 유골함 옆에 놓았다.

"이거 뭐야?"

달이가 물었다.

차이코프스키 비창 교향곡이에요. 음악 좋아하시잖아요. 뭘 가져올까 고민하다 할아버지가 마지막으로 들은 음반을 골랐어요. 괜찮죠? 음악과 함께 있으면 아마 덜 외로울 거예요. 그리고 이건 할아버지 사진. 형사 아저씨한테 한 장 얻었어요. 발병 후의 사진은 할아버지가 싫어하실 것 같아 관뒀고요. 절대 끔찍해서가 아니에요. 할아버지는 추하지 않아요. 반점, 종기 뭐 흔히 생기는 것들이잖아요. 그런 거 좀 있으면 어때요. 절대 괴물 같지 않았다고요. 괴물이 들으면 나무시하냐고 화낼걸요. 어떻게 5년이나 숨어 사셨어요? 그 긴 세월을……. 그리고 그 일가족은…… 이제 그만 잊으세요. 대신 제가 기억할게요. 할아버지 몫까지 다. 그 가족이 할아버지를 용서할지 어떨지는 모르겠지만 40년 동안 할아버지도 최선을 다하셨어요. 그리고 마지막으로 큰 거 한 방이 기다리고 있잖아요. 재판 끝나는 대로 할아버지 재산 매각해서 고아원과 양로원에 기부한대요. 잘됐죠? 아, 그리고 그날 밤…… 미처 알아보지 못해서 죄송해요. 제가 조금만 더 신중했어도 할아버지가 죽지는 않았을 텐데. 신음 소리라도 내지 그랬어요. 손가락이라도 움직이지 그랬어요. 그럴 수 없었다는 거 알아요. 그저 죄송한 마음에 푸념하는 거예요. 이곳에 다시 오진 못하겠지만 마음속으로 빌게요. 할아버지 내내 안녕하시라고. 아셨죠?

"이거 뭐냐니까? 설마 할아버지 사진?"

"응. 형사 아저씨한테 얻었어. 여기 두려고."

"할아버지가 이렇게 생겼구나. 폭군, 유령, 마귀하고는 거리가 먼데?"

"그렇지? 그래도 연화동 전설은 된 셈이야. 이번 사건 두고두고 입에 오르내릴 테니까."

"할아버지는 좋겠네. 전설이 아무나 되나."

"우리도 소문 한번 내 볼까?"

할아버지 사진을 유심히 들여다보던 인호가 모처럼 입을 열었다.

"소문? 어떤?"

달이가 물었다.

"기부천사 어때? 가만 냅두면 괴물이니 피해자니 아사귀신으로 둔갑할 거야. 그러기 전에 우리가 먼저 나서자는 거지."

"기부천사는 좀 식상하고…… 귀여운 천사? 그냥 천사? 기부천사를 빨리 발음하면 귀여운 천사로 들리기도 하는데. 아, 좀 그런가……."

고개까지 갸우뚱해 가며 달이는 작명에 열심이었다.

"일단 여기서 나가자. 우리 때문에 시끄러워서 영혼들 편히 쉬지도 못하겠다. 나가서 생각하자."

나는 달이와 인호를 난초실 밖으로 몰아냈다. 삼층 복도 어디에도 없더니 만하는 추모관 밖 벤치에 드러누워 있다가 우리를 보고는 일어나 앉았다. 잠을 못 자서……, 변명했지만 만하는 그 어느 때보다 생생해 보였다. 다만 장난기 어리던 눈빛이 차분해지고 표정이 한결 어른스러워진 걸 보면…… 짜식, 가을 타는구나, 싶었다.

달이와 인호가 천사 계획에 대해 설명했다. 1004? 만하가 되물었다. 귀여운 천사 부분에 이르렀을 땐 배를 잡고 웃었다.

"그럼 은자隱者는?"

달이가 말했다.

"우리 엄마가 왜?"

만하가 묻고,

"은자?"

인호는 고개를 갸우뚱거렸다.

"은자가 엄마 이름이야?"

다시 달이.

"어. 황은자."

이번엔 달이와 인호가 배를 잡고 웃었다.

"우리 엄마 이름이 어때서!"

만하가 씩씩댔다.

"이방인."

내가 말했다. 순간 주위가 고요해졌다. 씩씩대던 만하도, 킥킥거리던 달이와 인호도 나를 빤히 쳐다보았다.

"그냥 그런 생각이 들어서……. 사람들의 시선과 상관없이 할아버지 스스로 평생 이방인으로 살아오지 않았을까…… 꼭 피부병 때문이 아니더라도."

아이들은 여전히 아무 말이 없었다. 내가 얼른 덧붙였다. 손까지 내저으며.

"소문을 내자는 건 아니고. 그냥 그런 생각이 들었다고."

"그건 너무 짠하잖아, 인마! 차라리 은자로 해, 은자! 은자 좋네!"

만하가 소리쳤다. 그때 엄마가 차를 몰고 우리를 데리러 왔다.

"김포 시내로 가서 밥 먹고 갈까? 바쁜 사람 없지?"

엄마가 물었다. 물론 싫다고 할 사람은 없었다. 하늘은 높고 볕은 따뜻하고 그리고 무엇보다 우리는 자유인의 신분이었다. 학교로 돌아가지 않아도 된다는 말이다.

"그런데 동네에 이상한 소문이 돌더라. 너희들 혹시 들었니?"

"소문요? 무슨 소문이요?"

우리 중 제일 덩치 크다는 이유로 돌아갈 땐 엄마 옆 조수석을 잽싸게 차지한 만하가 물었다.

"변태가 있대. 밤늦게 귀가하는 여학생 집만 골라서 어슬렁거린다는데 아유, 끔찍해. 달이는 당연히 조심해야겠지만 너희들도 밤늦게 돌아다니지 말고 일찍일찍 다녀. 정신 멀쩡한 변태가 어딨니. 언제 폭력을 휘두를지 몰라."

"어머님, 그거 제가 낸 소문인데요?"

"만하 네가? 왜?"

"진짜 변태 잡으려고요. 드러내기 좋아하는 변태들 과시욕을 이용하는 거죠. 소문이 무성할수록 아마 활발하게 활동할 거예요."

"글쎄…… 정말 그럴까…….."

"틀림없어요. 제가 꼭 잡아서 어머님 앞에 대령할게요. 저만 믿으세요."

두 사람의 대화를 듣고 있자니 한숨이 절로 나왔다. 엄마는 그 소문 속 주인공이 나라는 건 꿈에도 생각 못 할 것이다. 내가 어쩌다 변태가 되었을까. 밤이가 무사히 돌아오는지 궁금했을 뿐인데, 얼굴 한번 보고 싶었을 뿐인데……. 나는 고개를 떨어뜨렸고, 달이는 그런 내 마음을 아는지 모르는지 연신 키득거리고 있었다. 그런 와중에도 엄마와 만하의 대화는 계속되었다.

"한음, 이참에 그냥 태권도라도 배울래? 엄만 불안해서 못 살겠다. 아니다, 너희들 다 같이 다니는 건 어떠니? 한음이 혼자 보내면 분명 땡땡이칠 거야. 만하야, 한음이 좀 부탁해도 될까? 멱살을 잡고서라도 도장에 끌고 가 주면 안 되겠니?"

"걱정 마십시오, 어머님. 제가 두들겨 패서라도 끌고 가겠습니다."

"그렇다고 두들겨 패지는 말고."

"네. 그럼 두들겨 패지는 않겠습니다."

"너만 믿는다."

"네. 저만 믿으세요, 어머님."

코미디 같은 두 사람의 대화는 그 뒤로도 한동안 더 이어졌다. 달이는 키득거리고 인호마저 미소 짓고 있었다. 그래, 웃자. 차라리 웃고 말자. 차창으로 가을의 마지막 볕이 비쳐들었다. 열일곱의 가을이 그렇게 저물고 있었다.

그날 저녁 집에 돌아온 나는 안방 욕실로 들어가 KFC 할아버지 앞에 섰다. 두 손을 할아버지 팔 아래로 넣어 들어 올렸다. 생긴 것처럼 다리가 휘청할 정도로 무거웠다. 조심스럽게 욕실을 빠져나와 안방으로 갔다. 옷을 갈아입던 엄마가 기겁해서는 뭐야? 물었지만 무시하고 화장대 옆에 내려놓았다.

"다른 데로 좀 치우라니까 안방으로 들고 오면 어떡해?"

"엄마도 이제 등 가려울 나이 됐잖아. 이 할아버지 써. 등 미는 거나 긁는 거나 어차피 거기서 거기잖아."

"내 영감 놔두고 왜 그 영감을 써?"

"엄마 영감은 들어오지도 않는걸 뭐."

"엄마 등 긁어 주기 싫어서 머리 쓴 거야?"

"엄마 요즘 너무 삐딱한 거 알아? 효도하려는 아들 마음도 몰라주고."

"네가 사고 안 치는 게 효도하는 거다. 그거 얼른 갖고 가."

"왜? 말 상대도 하고 좋잖아."

"엄마 말 상대 없어서 입에 곰팡이 피는 사람 아니거든? 방 좁아져."

"싫으면 엄마가 치우든지."

"한음!"

나는 안방을 나왔다. 엄마가 몇 번 더 불렀지만 대답하지 않았다. 백 년 묵은 체증이라도 내려간 듯 몸도 마음도 가벼워졌다. 이제야 할아버지의 자리를 찾아 주었다는 생각이 들었다. 욕실 구석에 처박혀 찬물 더운물 맞아 가며 구박받는 것보다야 안방이 낫겠지. 집 안의 제일 어른인데 안방 정도는 차지해야 되지 않겠나 말이다. 여전히 구박은 피할 수 없겠지만. 그래도 안방에서 쫓겨나는 일은 없을 것이다. 엄마가 할아버지를 번쩍 들어 옮긴다는 건 상상할 수 없으니까. 나도 간신히 들었으니까.

그리하여 밤과 함께

농활 얘기를 다시 꺼낸 것은 나였다.

12월 중순의 어느 날 저녁이었다. 달이 아버지의 초대를 받은 만하와 인호, 그리고 나는 눈 내리는 길을 걸어 달이네 집으로 향했다. 들뜬 마음을 주체하지 못한 만하는 눈 쌓인 길 위를 펄쩍펄쩍 뛰어올랐다. 저녁이나 먹자서, 달이가 전한 말은 그것뿐이었지만 그 저녁이 우리를 격려하고 치하하기 위한 자리라는 걸 모르지 않았다. 만하는 앞서 달려갔다가 돌아오고, 빙판으로 다져진 길 위에선 미끄럼 타다 넘어지고, 그렇게 넘어져서는 껄껄 웃고, 아주 미친놈처럼 굴었다. 저런 녀석이 달이 아버지와 우리 엄마의 신뢰를 듬뿍 받고 있다니, 기가 막힐 노릇이었다.

세 개의 눈덩이가 된 우리를 달이 어머니가 온화한 미소로 맞아 주었다. 저녁을 먹고 거실에 둘러앉아 예의 또 그 쓰디쓴 녹차를 마실 때였다. 만하가 잠시 입을 다문 사이(저녁식사 내내 어찌나 말이 많은지 도대체 끼어들 틈이 없었다) 마침내 기회를 잡은 내가 조심스럽게 운을 뗐다.

"농활?"

여름방학 때 이미 한 번 허락한 적 있으면서 달이 아버지는 마치 처음 듣는다는 듯 농활? 하고 물었다.

"네. 여름방학 때…… 못 갔잖아요. 이번 방학에 가면 어떨까 해서요."

"이 겨울에? 농활을?"

"겨울에 오히려 더 바쁜 농촌도 많대요. 비닐하우스 하는 집들……."

"그래서?"

"네?"

"너도 가려고?"

"그러면…… 안 되나요?"

"글쎄."

나는 만하를 생각했다. 만하처럼. 아니, 만하 반만큼이라도. 만하가 어른들에게 사랑받는 이유는 바로, 패기. 일단 부딪쳐 보는 거다.

"저도 동참하고 싶습니다!"

눈을 질끈 감고 소리쳤다. 일생일대의 용기를 냈음에도 달이 아버지는 묵묵부답, 빈 잔에 녹차를 따라 음미하듯 천천히 마셨다.

"아……버님의 교육철학이 무척 훌륭하다고 생각합니다!"

다소 기가 꺾이기는 했지만 한 번 더 질렀다. 쇠뿔도 단김에 빼라고 했다. 이왕 이렇게 된 거 끝까지 가 보는 거다. 이번이 아니면 영영 기회가 없을지도 몰랐다. 나의 소원은 통일, 이 아니라 겨울방학을 밤이와 함께 보내는 것이었다. 하나 더, 2학년 때 같은 반이 되는 것. 그때까지만 해도 3년 내내 밤이와 다른 반이 될 운명이라는 건 알지도 못한 채 그런 헛된 꿈을 꾸고 있었다.

"저희들도 가겠습니다, 아버님. 따님들은 걱정 마세요. 제가 책임지고 안전하게 지키고, 일도 확실하게 시키겠습니다. 아버님의 교육철학, 저 역시 무척 훌륭하다고 생각합니다. 깊이 감동받았습니다."

내가 다 차려 놓은 밥상에 만하 녀석이 멋대로 숟가락을 얹었다. 거기다 혼자론 부족해서 인호까지 덤으로. 인호는 어리둥절한 표정이었지만 싫다는 말은 하지 않았다. 아니,

못했다. 감히 누가 그런 분위기에서 싫다고 말할 수 있을까. 두고두고 만하와 나의 보복을 당할 각오를 하지 않는 한.

"너희들 왜 이래? 아직 농활로 결정된 것도 아닌데."

달이가 말리는 척했다. 이제는 눈빛만 봐도 달이가 무슨 생각을 하는지 알 수 있었다. 방학 동안 너무 붙어 다녔나 보다.

"밤이 생각은 어떠냐?"

달이 아버지가 큰딸에게 물었다. 맙소사, 결정권을 밤이에게 넘겨주는 것인가. 달이 말에 의하면 모든 결정은 자식들 의사와 상관없이 부모님이 한다고 했는데. 그래서 밤이에 겐 한마디 상의도 없이 부모님을 공략한 것인데. 나는 밤이를 보았다. 오금이 저렸다. 몸 쓰는 일을 누구보다 싫어하는 밤이라는 걸 알기에.

"좋을 대로 하세요."

벙글거리는 만하를 보니 잘못 들은 게 아니었다. 밤이가 우리를 향해서도 툭, 내뱉었다.

"농활 아니라도 어차피 뭔가는 해야 하니까."

그 순간에는 밤이의 심드렁한 말투마저 사랑스럽게 들렸다. 달이 아버지는 작은딸에게도 의견을 물었고, 달이는 당연히 좋다고 했다.

"알았다. 너희들이 원하니 그렇게 하도록 하자."

달이 아버지가 선언했다. 할렐루야!

그로부터 보름 뒤 나는 내가 한 제안을 뼈저리게 후회하게 되니, 인생이란 참 알다가도 모를 일이다. 비닐하우스 안이 춥지도 덥지도 않은, 진달래 개나리 피고 벚꽃잎 날리는 봄 날씨 같을 거라고? 신혼부부들의 대표적인 휴양지 푸켓, 몰디브, 세부 같을 거라고? 도대체 누가 그런 망상을 내게 심어 주었단 말인가. 나는 왜 누나의 말을 한 치 의심 없이 덜컥 믿어 버렸을까. 농촌에서 살아 보지 않기는 누나나 나나 마찬가지인데. 나는 세 치 혀를 가볍게 놀린 내 입을, 누나가 갖고 노는 줄도 모르고 순진하게 곧이곧대로 들은 내 귀를 뭉개버리고 싶었다. 엄마의 강경한 반대에 두 팔 걷어붙이고 도와 줄 때 알아봤어야 했다.

바깥 날씨가 아무리 매서워도 비닐하우스 안은 숨이 턱턱 막힐 정도로 더웠다. 솜뭉치가 목구멍에 걸린 것 같은 느낌이랄까. 가 본 적은 없지만 찜질방 불가마 속에 들어앉은 것 같달까. 쉴 새 없이 땀이 흘렀고, 눈썹에 맺힌 땀이 눈으로 흘러 들어 시야를 가리기도 했다. 또 일은 얼마나 힘든지. 밤이의 시선은 얼마나 차가운지. 만하의 투덜거림은 얼마나 끈질긴지. 비닐로 덮인 이랑 위를 네 발로 기어 다니며 수박 모종을 심다 말고 굳게 결심했다. 이제 농활은 끝이다.

그럼에도 아직 절망은 이르다. 하나가 더 남았다. 결코 예상하지 못했던 최대의 난제. 달이 아버지가 따라붙었다. 우리만 간 게 아니었다는 말이다. 어떻게든 밤이와 둘만의 시간을 만들어 보겠다는 계획이 산산이 부서졌다. 낮에는 죽어라 일하고 밤에는 저녁식사가 끝나는 즉시 각자의 방으로 흩어져야 했다. 밤이는 달이와 함께 쓰는 방으로. 나는 만하와 인호가 있는 방으로. 달이 아버지는 낮에는 뒷짐 지고 돌아다니며 우리를 감시했고, 밤에는 우리를 감금했다. 노예나 다름없는 생활이었다. 달이 아버지를 너무 과소평가했다. 단지 몇 번 만난 걸로 섣불리 사람을 판단하다니 그래, 내가 잘못했다.

"무시무시한 지옥의 일주일이 드디어 끝났구나."

마지막 날 저녁, 우리끼리 둘러앉은 식탁에서 만하가 말했다. 달이 아버지는 주인아저씨와 방에서 술을 마시고 있었다.

"난 일 체질은 아닌가 봐. 다음엔 그냥 래프팅이나 할래."

달이가 말했다. 나는 인호를 보았다. 제발 내 편을 들어주길 기대하며.

"아, 난, 글쎄, 다음엔 못 할 것 같아. 집도 걱정되고……."

"왜, 한음이 다음에 또 한대? 어디 새우잡이 배라도 알아봐 주랴?"

만하의 서슬에 기가 꺾이고 말았다.

"미안하다, 미안해. 서울 가서 맛있는 거 사면 되잖아."

결국 항복을 선언했다. 만하 손에 끌려 새우잡이 배에 태워 지긴 싫으니. 밤이를 보았다. 얼굴 표정만으로는 밤이가 무슨 생각을 하는지 도무지 알 수 없었다. 달이를 향해 만하가 한마디 했다.

"너희들도 사는 거 참 피곤하겠다. 차라리 맨날 출장 가는 우리 아빠가 백배는 낫다."

"출장까진 바라지도 않아. 방학이라도 없었으면 좋겠어. 도대체 어른들까지 왜 방학을 하는지 몰라."

"너희들 이제,"

오물오물 밥알을 씹으며 밤이가 말했다. 나는 숨까지 멈 추고 다음 말을 기다렸다.

"큰일 났다."

그러고는 침묵. 참다못한 만하가 왜? 물었다.

"'사는 거 피곤하겠다'에 너희들도 포함되었으니까."

"그게 무슨 뜻이야?"

이번에는 내가 물었다. 농활을 주도한 나를 원망한다는 것인가.

"우리 아빠 리스트에,"

또 침묵. 모두들 밤이의 입만 쳐다보았다.

"너희들 이름도 올랐을 테니까."

"설마! 방학 때마다 이 고생을 해야 한다고? 정말이야, 달이야?"

만하의 물음에 달이는 어깨를 으쓱하고는 그만이었다.

"그래, 뭐, 까짓. 너희들도 하는데. 걱정 마라, 이 오빠가 지켜 줄게."

힘들다고 징징거릴 땐 언제고 한껏 뻐기는 얼굴로 만하가 큰소리쳤다. 아무튼 변덕 심하기로는 녀석을 따를 사람이 없지. 그러나 사실을 말하자면 나 역시 만하와 같은 마음이었다. 밤이와 함께할 수 있다는데, 까짓 몸 좀 힘들면 어떠랴. 밤이와 함께라면 지리산 아니라 백두대간 종주라도 한다!

그때 어디선가 노랫소리가 들려왔다. 모두들 귀를 쫑긋 세우고 있는데 우리 아빠야, 달이가 말했다.

"노래 되게 못하지? 근데 술만 마시면 노래한다? 잘한다고 착각하나 봐."

달이 말이 아니더라도 한 소절 듣는 순간 벌써 노래를 부르는 사람이 음치에 박치라는 걸 알 수 있었다. 음정은 제멋대로 널뛰기를 했고, 박자 역시 엉뚱한 곳에서 늘어지거나 빨라졌다. 그럼에도 달이 아버지는 꿋꿋하게, 노래 한 곡을 끝까지 다 불렀다. 박수 소리에 이어 또 다른 노래가 시작됐고, 그 노래 역시 원래의 음정, 박자와는 철저하게 무관했다.

"못살아."

밤이가 중얼거렸다. 슬그머니 웃음이 비어져 나왔다. 최악으로 편곡된 노래 때문만은 아니었다. 그냥 그 시간이 좋았다. 밖에는 눈이 내리고, 우리는 따뜻한 집 안에 둘러앉아 밥을 먹으며 이런저런 얘기를 나누는 그 순간이 더없이 소중하게 느껴졌다. 웃음도 전염되는 모양이다. 내가 웃자 조금 후에는 만하가 키득거리기 시작했다. 더는 못 참겠던지 인호가 고개 숙이며 풋, 실소하는 순간 마침내 웃음꽃이 만개했다. 변성기에 접어든 우리의 투박한 웃음소리가 꽃받침이라면 그 소리 위로 오뚝 튀어 오르는 달이의 깔깔거리는 고음의 웃음소리는 활짝 핀 꽃잎이었다. 그 와중에도 고고한 표정을 잃지 않는 밤이는 이제 막 맺힌 꽃봉오리쯤 될 것이고. 그러나 나는 안다. 비록 얼굴근육 하나 실룩이지

않아도 밤이 역시 속으로는 웃고 있을 거라는 걸. 정말 일
관성 하나는 끝내준다!

작가의 말

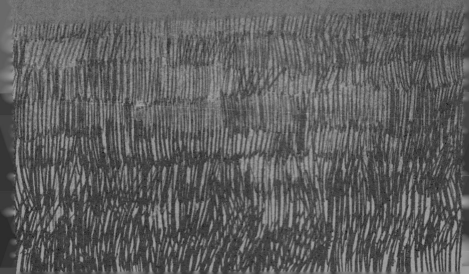

이 소설을 시작한 것은 아주 추운 어느 겨울날 아침이었다. 쓰자 쓰자 몇 달을 생각만 하다 마침내 책상 앞에 앉아 열 개의 곱은 손가락을 천천히 움직여 키보드를 두드리기 시작했다. 내게는 이상한 버릇이 있는데, 글을 쓸 때는 항상 창문을 열어 둔다는 것이다. 물론 방문도. (그리고 보니 정말 추운 날이 아니고는 겨울에도 방문을 열어 놓고 자는구나.) 이렇다 보니 겨울이 징글징글할 수밖에. 소설 속 배경을 한여름으로 설정한 것은 이 때문이다. 뜨거운 햇빛, 달이와 밤이, 만하와 인호, 그리고 한음이까지, 아이들의 뜨거운 열정이 내 언 뺨과 곱은 손가락을 녹여 주길 바라며.

이 아이들 덕분에 추운 겨울을 그다지 춥지 않게 보낼 수 있었다. 이제 내 손을 떠나지만 아주 오랫동안 이 아이들을 잊지 못할 것이다.

2014년 여름에

구경미

바다로 간 달팽이 **011**

이방인을 보았다

1판 1쇄 발행일 2014년 7월 28일 • **1판 2쇄 발행일** 2015년 7월 27일
1판 2쇄 발행부수 1,000부 | 총 3,000부
글쓴이 구경미 • **펴낸이** 김태완 • **펴낸곳** (주)도서출판 북멘토
편집주간 김혜선 • **편집** 진원지, 이슬 • **디자인** 안상준 • **마케팅** 이용구 • **관리** 윤희영
출판등록 제6 - 800호(2006. 6. 13)
주소 121 - 869 서울시 마포구 월드컵북로 6길 69(연남동 567 - 11), IK빌딩 3층
전화 02 - 332 - 4885 • **팩스** 02 - 332 - 4875

ⓒ 구경미, 2014

ISBN 978-89-6319-106-5 03810